書下ろし

長編ネオ・ピカレスク

猟犬検事　破綻《はたん》

南　英男

JN276020

祥伝社文庫

目次

プロローグ

頭の血管が切れそうだ。

憤《いきどお》りで、全身が熱い。目も霞《かす》みそうだった。

菅沼靖男《すがぬまやすお》はエレベーターに乗り込むと、最上階のボタンを強く押した。現在《いま》は一階にいる。

JR大久保《おおくぼ》駅のそばにある古い雑居ビルだ。四月上旬のある日の夕方だった。

ビルの七、八階は、民間の職業訓練所『リフレッシュ・カレッジ』が借りている。

五十四歳の菅沼は『リフレッシュ・カレッジ』の訓練生のひとりだった。二年前に大手食品会社をリストラ退職した翌日から、半年ほど再就職活動に励《はげ》んだ。

菅沼は求人誌に丹念に目を通し、ハローワークにも通い詰めた。この不況下である。高望みをする気はなかった。

月給が二、三割下がることは覚悟していた。とにかく一日も早く働き口を見つけたかった。しかし、パソコンも満足に操《あやつ》れない五十男を雇ってくれる企業はなかった。

そこで菅沼は一念発起《いちねんほっき》して、『リフレッシュ・カレッジ』に入所した。一年半前のことだ。

入所金は百数十万円だった。痛い出費だったが、その程度の自己投資は必要だろう。

菅沼はそう考え、せっせとパソコン操作とビジネス英語を学んだ。金融市場や産業構造の基礎知識も身につけた。

およそ一年で、多少の自信がついた。菅沼は『リフレッシュ・カレッジ』に通いながら、ふたたび求職活動にいそしんだ。

だが、面接まで漕《こ》ぎつけたのはたったの一社だった。

その会社は零細の玩具《がんぐ》メーカーで、社員数は十人にも満たなかった。しかし、もはや贅沢《ぜいたく》は言えない。

菅沼は面談に出かけ、六十年配の社長に自分の能力や意欲を熱っぽくアピールした。

面談では好感触を得られた。てっきり採用されると思っていたが、なぜか不採用になってしまった。おそらく年齢がネックになったのだろう。

零細企業にも門戸《もんこ》を閉ざされた事実は、痛くショックだった。菅沼はプライドを打ち砕《くだ》かれ、酒浸《びた》りの日々が半月もつづいた。

そんなある日、『リフレッシュ・カレッジ』の長谷部圭太《はせべけいた》所長がわざわざ菅沼の自宅を訪れた。

そして、あと半年、訓練所に通えば、一流企業への就職を斡旋《あっせん》すると約束してくれた。

菅沼は所長の言葉を信じ、半年分の指導料を一括《いっかつ》納入した。

しかし、六カ月が過ぎても再就職の斡旋はしてもらえなかった。それどころか、さまざまな名目で新たに高い指導料を取られる始末だった。

とっくに雇用手当は打ち切られていた。二千数百万円の退職金を取り崩すだけの生活がつづいたら、数年後には妻子を路頭に迷わせることになってしまう。

菅沼は晩婚だった。二人の息子は、まだ高校生と中学生だ。

これから教育費がかかる。妻は一年前から衣料スーパーでパートの仕事をしてくれているが、収入は月に九万円前後だった。

菅沼は先行きの不安に駆られ、先々月から不眠症になってしまった。

寝酒や睡眠薬の力を借りても、せいぜい二、三時間しか眠れない。それも眠りは、いつも浅かった。

慢性的な寝不足で、思考力は鈍《にぶ》りっ放しだった。やたら怒りっぽくもなっている。

函《ケージ》が停止した。

最上階の八階だった。菅沼は深呼吸し、エレベーター・ホールに降りた。

『リフレッシュ・カレッジ』には、約三百人の訓練生がいる。その大半が中高年の元サラリーマンだった。訓練生の多くは菅沼と同じように再就職の世話をすると言われながらも、いまだに失業者のままだ。

彼らは諦《あきら》めが先に立つのか、所長に談判しようともしない。そんな仲間たちのためにも、俠気《おとこぎ》を見せなければならない。

菅沼は勢い込んで、奥の所長室に向かった。

所長室のドアをノックすると、長谷部の声で応答があった。

「はい、どうぞ!」

「失礼します」

菅沼は硬い声で言い、所長室に入った。

窓辺にマホガニーの両袖机《りょうそでづくえ》が置かれ、手前には総革《そうかわ》張りのベージュのソファ・セットが見える。長谷部はキャビネットの横で、パターの練習をしていた。

四十九歳だが、ずっと若く見える。童顔だからだろう。頭髪も豊かだ。背は高いが、細身だった。

「やあ、菅沼さん。おっかない顔をなさって、どうされたんです?」

「所長、少しは誠意を見せなさいよっ」

菅沼は切り口上《こうじょう》で言った。

「なんのことです?」

「再就職の件ですよ。あんたは、わたしに東証一部上場企業を紹介してくれると言った。しかし、いまだに約束は果たしてもらってない。いったい、どういうつもりなんだ!」

「あなたの履歴書を持って、二十数社に打診してみたんですよ。ですが、どこからも色よい返事はもらえなかったんです。別に約束を忘れていたわけじゃありません」

「前の会社よりもサラリーがダウンしてもいいんだ。運悪くリストラの対象になってしまったが、わたしは無能だったわけじゃない」

「それはわかってますよ」

「黙って聞け！　わたしは、大きな商談を数え切れないぐらいに成立させた。協調性はあるし、健康にも自信はある。まだ五十四だから、第一線でバリバリ働ける」

「人生八十年の時代ですから、確かに五十代は働き盛りですよね。しかし、経営者側から見たら、多くの中高年社員はお荷物なんでしょう。ことに年功序列制をとってきた企業は疲れの見える中高年社員にもそこそこのポストを与え、高い給料を払わなくてはなりません」

「わたしが無能だと言いたいのかっ」

「ま、そう興奮なさらないで。わたしが言ったことは一般論ですよ。別に菅沼さんに当て擦《こす》りを言ったんじゃありません」

「しかし、ちょっと無神経だな」

「あまり神経質にならないでください。話を元に戻しますが、何か専門技能を持ってる中高年男性はどの企業にも必要な人材です。ですが、これといったスペシャリティのない五十代の方は……」

「それだから、わたしは苦手なパソコンをマスターし、ビジネス英語も懸命に習ったんじゃないかっ」

「ええ、そうですね。しかし、はっきり申し上げますと、どちらも特技と言えるまでは上達していません」

「わたしの専門は営業なんだ」

「菅沼さん、人生は長いんです。ここで焦《あせ》るよりも、じっくり腰を据《す》えて何かスペシャリティを身につけたほうがいいですよ」

長谷部がゴルフ・クラブを床《フロア》に垂直に立て、グリップに両手を掛けた。なんとなく尊大な態度に映った。それが癇《かん》に障《さわ》った。

「そうか、読めたぞ」

「読めた？」

「ああ、そうだ。所長はうまいことを言って、リストラ退職者たちを喰《く》いものにしてるんだろうが」

「菅沼さん、少し言葉に気をつけてください」

「善人面《づら》するな。あんたはもっともらしいことを言って、高い入所金や指導料をぶったくってるにちがいない。その証拠に訓練生の再就職率は十数パーセントに過ぎないじゃないか。働き口が見つかった連中も、待遇の悪い中小企業に潜《もぐ》り込めただけだ。あんたは最初っから、われわれを再就職させる気なんかなかったんだ。違うか？」

菅沼は言い募《つの》った。

「あなたの不安や苛立《いらだ》ちはわかりますが、そこまで言うのは問題ですね。わたしは儲けを度外視して、『リフレッシュ・カレッジ』をやってるんです。リストラされた方々には、心から再生してもらいたいと願ってますよ」

「きれいごとを言うな。あんたがやってることは詐欺《さぎ》みたいなもんだ。働き口を斡旋するという誘い文句で釣って、高い入所金や指導料を訓練生たちから騙《だま》し取ってるんだからな」

「菅沼さん、いい加減にしてください。これ以上わたしを侮辱《ぶじょく》すると、怒りますよ」

「怒ればいいさ。わたしは、もう『リフレッシュ・カレッジ』をやめる。これまで支払った金はそっくり返してもらうぞ」

「そんな無茶な話があるか！」

「払った金を返さなかったら、あんたを詐欺罪で告訴してやる。わたしの甥《おい》は、東京地検で検察事務官をしてるんだ。絶対に立件してもらうからな」

「わたしを犯罪者扱いしやがって」

長谷部がいきり立ち、ゴルフ・クラブを大上段に振り被《かぶ》った。

菅沼は身に危険を感じ、長谷部に組みついた。ゴルフ・クラブを奪い取ったとき、長谷部がパンチを繰《く》り出した。

菅沼は強烈な右ストレートを顔面に浴びせられ、仰向《あおむ》けに引っくり返った。ゴルフ・クラブは握ったままだった。

「いい大人がみっともない真似《まね》をするな」

長谷部が憎々しげに言って、勢いよく踏み込んできた。

菅沼は肘《ひじ》を使い、上体を起こした。

次の瞬間、鳩尾《みぞおち》に鋭い蹴りを入れられた。

息が詰まった。ほんの一瞬だったが、気も遠くなった。菅沼は横倒れに転がった。

「ちゃんと土下座して謝《あやま》れば、赦《ゆる》してやるよ。その前にクラブを返してもらおうか」

「まだ勝負はついてない」

「大怪我したいのか!?」

長谷部が呆《あき》れ顔になった。

菅沼は半身を起こすなり、ゴルフ・クラブを水平に薙《な》いだ。空気が躍《おど》った。ヘッドが長谷部の腰に当たった。

長谷部が唸《うな》り、よろけた。片方の膝をつき、尖《とが》った目を向けてきた。

死にもの狂いで闘わなければ、殺されることになるかもしれない。

菅沼は強迫観念に取り憑《つ》かれ、急いで立ち上がった。そのままゴルフ・クラブを頭上に翳《かざ》し、一気に振り下ろした。風が生まれた。

クラブのヘッドは長谷部の左肩を直撃した。長谷部が動物じみた唸り声を発しながら、床に倒れた。

「き、きさま、なんてことをするんだっ」

「殺《や》られる前に殺《や》ってやる！」

菅沼は怒声を放ち、またもやゴルフ・クラブを泳がせた。風切り音は高かった。

ヘッドが長谷部の側頭部を叩《たた》いた。濡れた毛布を棒で撲《う》ったような音がした。厭《いや》な音だった。

長谷部が四肢《しし》を縮め、のたうち回りはじめた。頭に当てた手の指は、瞬《また》く間に鮮血に染まった。

「そっちが悪いんだぞ。あんたが不誠実だから、こういうことになったんだ。自業自得だよ」

「こ、殺さないでくれーっ。わたしを殺したら、あんたはもうおしまいだぞ」

「殺しやしないから、安心しろ」

菅沼はゴルフ・クラブを足許《あしもと》に落とすと、上着の内ポケットから携帯電話を取り出した。すぐに甥の検察事務官のポケットフォンを鳴らした。

「やあ、叔父さんか。珍しいな」

甥の菅沼直昭《なおあき》が呑気《のんき》に言った。実兄の長男である。

「直昭、ちょっと教えてほしいことがあるんだ」

「何を？」

「実はな、ほんの少し前に『リフレッシュ・カレッジ』の所長をゴルフ・クラブでぶっ叩いてしまったんだ」

「いや、違う。頭部を叩いたんで、かなりの怪我をさせてしまったようなんだ。わたしが傷害罪で捕まったら、実刑を喰らうことになるんだろうな？」

「怪我が軽い場合は、たいてい書類送検で済むと思うけど……」

「よくわかった。わたしは、これから逃げることにする」

「叔父さん、何を言ってるんだ!?　逃げたら、余計に罪が重くなるんだぜ」

「わかってるさ。しかし、前科者にはなりたくないんだ。卑怯《ひきょう》だとは思うが、とにかく逃げる」

　菅沼は電話を切ると、あたふたと所長室を出た。エレベーターで一階に降り、駅とは逆方向に走りだした。

　擦《す》れ違う男女と何人もぶつかったが、いちいち詫《わ》びる余裕はなかった。一刻も早くできるだけ『リフレッシュ・カレッジ』から遠ざかりたかった。
　七、八百メートル走ってから、菅沼は自分の愚《おろ》かさに気づかされた。
　たとえ首尾《しゅび》よく逃亡できたとしても、事件の加害者である事実は消しようがない。犯罪者の烙《らく》印《いん》を捺《お》され、家族は肩身の狭い思いをさせられるだろう。

　自首すれば、罪が少しは軽減されるにちがいない。

　菅沼は踵《きびす》を返し、来た道を逆戻りしはじめた。足は鉛のように重かった。服役中の自分の姿を想像すると、決意がぐらつきそうになった。

「冗談だよね？」

だが、もう逃げるわけにはいかない。

菅沼は、うつむき加減で歩きつづけた。

目的の雑居ビルの前には、早くも数台のパトカーが連《つら》なっていた。長谷部自身が一一〇番通報したのかもしれない。

赤い回転灯を点滅させているパトカーのかたわらには、若い制服警官が立っていた。菅沼は制服警官に歩み寄り、掠《かす》れ声で話しかけた。

「八階の傷害事件の犯人は、このわたしです」

「えっ」

相手が目を剥《む》き、菅沼の顔をまじまじと見つめた。

菅沼は黙って両手を差し出した。

第一章　詐欺《さぎ》商法の疑惑

1

うんざりしてきた。

最上僚《もがみりよう》は、読み終えた投書を段ボール箱の中に戻した。

目を通した二十四通の告発状や投書の内容は、私怨絡《しえんがら》みの中傷ばかりだった。いつものように、捜査対象になるような事案は一つもなかった。

最上は溜息《ためいき》をついて、セブンスターをくわえた。

東京・霞《かすみ》が関《せき》にある検察庁合同庁舎の三階の東京地検刑事部だ。最上のデスクは窓際《まどぎわ》に置かれている。

日中は陽溜《ひだ》まりになる場所だった。ぼんやりとしていると、きまって瞼《まぶた》が垂れてくる。

最上は老人ではない。まだ三十五歳の現役検事である。しかし、職場では冷遇されていた。

数年前まで最上の人生は、まさに順風満帆《じゆんぷうまんぱん》だった。名門私大の法学部を卒業した彼は、二十四歳で司法試験に合格した。二年間の司法修習を経《へ》て、憧《あこが》れの検事になった。

もともと正義感の強い最上は、学生時代から東京地検特捜部で働くことを夢見ていた。二十六歳で、その足がかりを摑《つか》んだわけだ。

最上は浦和《うらわ》地検、名古屋《なごや》地検と回り、ちょうど三十歳のときに東京地検に転属になった。夢まで、あと一歩だ。

最上は希望に胸を膨《ふく》らませながら、刑事部本部事件係として仕事に精を出した。晴れて特捜部に移れたら、巨悪に敢然と闘いを挑《いど》む気でいた。最上は、どの公務にも全力投球した。毎日が充実していた。

だが、思いがけないことでつまずいてしまった。

最上は功を急ぐあまり、ある贈収賄事件の証人に暴力を振るい、決定的な証言を得ようとしたのである。そのことが問題になり、最上は本部事件係から外されてしまった。二年以上も前の出来事だ。

自業自得とはいえ、ショックは大きかった。学生のころから紡《つむ》ぎつづけてきた夢は、早くも潰《つい》えてしまったわけだ。

検事の過《あやま》ちは大きな失点になる。それも最上は暴力沙汰を起こしてしまったわけだから、致命的なマイナスだ。今後、憧れの特捜部に配属される可能性は零《ゼロ》に等しい。

自《みずか》らの手で輝かしい途《みち》を閉ざしてしまった最上はすっかり労働意欲を失い、漫然と日々を過ごしている。職場では、〝腑抜《ふぬ》け検事〟などと陰口を叩かれていた。

最上は来る日も来る日も東京地検に寄せられた告発状や投書を読み、捜査に乗り出せるような事案を探していた。

しかし、そうした事案は数カ月に一つ見つかるかどうかだった。たまに上司から指示される担当事件は、窃盗や詐欺の類《たぐい》ばかりだ。

事件そのものも小さいが、被疑者たちも小悪党ばかりで公務に力を傾ける気にはなれなかった。

最上は煙草《たばこ》の火を揉《も》み消しながら、部屋の中を眺《なが》め回した。同僚検事たちは、それぞれ自席で被疑者供述調書や公判記録を読んでいた。

最上は、告発状や投書の詰まった段ボール箱を床に置いた。別に投げ落としたわけではなかったが、派手な音がたった。

「おい、おい！」

馬場正人《ばばまさと》部長が眉《まゆ》をひそめた。

「ちょっと手を滑《すべ》らせてしまったんです。耳障《ざわ》りでした？」

「最上君、こっちに来てくれ」

「何か事件を担当させてもらえるのかな？」

「とにかく、わたしの席に来てくれ」

「返事は一度でいい」

「はい、はい」

最上は椅子から立ち上がって、部長のデスクに歩み寄った。たたずむと、馬場が書類から顔を上げた。

「例の不起訴処分の手続きは済ませてくれたね？」

「ええ、一週間ぐらい前にやりました。時たましか事件を担当させてもらってないんで、時間だけはたっぷりありますんでね」

「そういう厭味《いやみ》を言うなよ。以前にも言ったと思うが、きみを本部事件係から外したのは、別にわたしの一存じゃなかったんだ。政府筋の意向は無視できんからな」

「ええ、わかってます。別段、部長を逆恨《さかうら》みなんかしてませんよ。閑職に追いやられたのは自分のせいだと心得てます。要するに、身から出た錆《さび》ってやつですね」

「きみがやってる公務だって、大事な仕事だよ。そう腐るなって」

「暇《ひま》な仕事をさせてもらって、喜んでます。ハードな公務をこなしても、俸給がアップするわけじゃありませんからね」

「そういう物言《ものい》いがどうもな」

「厭味に聞こえます？」

「それじゃ、部長とは極力、事務的に喋《しゃべ》るようにしましょう。ところで、ご用件は?」

「きのう、横浜地検刑事部の検事が交通事故死したんだ」

「だから、どうだと?」

最上は促《うなが》した。

「きみがどうしても本部事件係に戻りたいというなら、横浜地検に移れるよう上層部に働きかけてもいいと思ったんだが、どうだろう?」

「わたしの存在がうっとうしくなったようですね?」

「きみ、それは誤解だよ。わたし自身は、きみにずっと東京地検《こ こ》にいてほしいと思ってるさ。しかし、きみがいまの公務に必ずしも満足してるようには見えなかったんで……」

「それは、ご親切に。せっかくですが、横浜地検には行きたくないですね。わたしは東京で育った人間ですから、やっぱり都《みやこ》落ちには少しばかり抵抗があるんですよ。それに、馬場部長の下で働きたいですしね」

「なんだか厭味っぽく聞こえるな。ま、いいさ。いまの話は聞かなかったことにしてくれ」

馬場は憮然《ぶぜん》とした表情で言い、書類に目を落とした。

最上は口の端を歪《ゆが》め、自分の席に戻った。もう午後七時過ぎだった。帰り仕度《じたく》をしていると、上着の内ポケットの中で携帯電話が打ち震えた。

最上はポケットフォンを耳に当てた。

「若《わか》、あっしです」

代貸《だいがし》の亀岡《かめおか》忠治《ちゆうじ》の声だった。

最上は現職検事でありながら、関東《かんとう》侠友会《きようゆうかい》最上組の三代目組長も務《つと》めていた。

父方の祖父が結成した最上組は、文京区根津《ねづ》に組事務所を構えている。組員二十七人の弱小博徒集団だ。組員の平均年齢も四十三歳と高い。

組事務所のある建物は、最上の実家でもある。元は割烹《かつぽう》旅館だ。

敷地は二百数十坪で、間数《まかず》は二十室近い。初代組長だった祖父が組を構えるときに買い取り、改築を重ねてきた家屋《かおく》だ。

二代目組長を務めていた実父が病死したのは、一年数カ月前である。最上はひとりっ子だが、三代目組長になる気はなかった。

父が死んだとき、当然、最上組は解散するつもりでいた。しかし、亡父の遺言テープを聴《き》き、気持ちが変わったのである。

二十七人の組員は昔気質の博奕《ばくち》打ちばかりで、揃《そろ》って世渡りが下手だった。

亡父はそんな子分たちの行く末を案じ、倅《せがれ》の最上に各人五千万円の更生資金を与えるまでは組を解散しないでほしいと言い遺《のこ》した。総額で十三億五千万円だった。

堅気の検事が工面《くめん》できる金額ではない。だからといって、祖父や父に仕《つか》えてきた無器用な博徒たちを見捨てることはできなかった。

最上は思い悩んだ末、最上組の三代目組長になったのである。そして、亡父の助言に従い、救いようのない悪人どもから金を脅し取るようになった。

すでに最上は、極悪人たちから併《あわ》せて約九億円をせしめていた。あと四億五千万円を調達できれば、二十七人の組員は足を洗えるわけだ。

それまでは、裏稼業を辞めるわけにはいかない。法の番人である自分が恐喝屋に成り下がったことには後ろめたさを感じていたが、亡父の遺言は無視できなかった。

「亀さん、何か問題でもあったのかい？」

「いいえ、そうじゃねえんでさあ。少し前に関東俠友会の塩谷《しおや》武徳《たけのり》会長から電話がありやして、明日の夜、若と会食したいとおっしゃったんですよ」

「亀さん、会長にいずれ組は解散すると話したの？」

「いいえ。あっしは、そういうことは一言も申し上げてません」

亀岡は律儀《りちぎ》な男だった。決して嘘はつかない。五十二歳である。考え方は古風だった。

「会長は、おれにどんな用があるんだろう？」

「もしかしたら、若に見合いの話を持ちかけるのかもしれやせん」

「見合いの話だって？」

「ええ、そうでさあ。塩谷会長、川魚《かわうお》料理の老舗《しにせ》の娘さんが器量よしで、気立てもいいんだとちらりとおっしゃってましたんで」

「そう」

「若、あっしがうまく断りやしょう。若には、れっきとした彼女がいらっしゃるんですから」

「彼女って？」

「おとぼけなすって。美人査察官の露木《つゆき》玲奈《れいな》さんのことでさあ。あの女性とは、いつか結婚されるんでしょ？」

「そこまでは考えてないが、いま現在は彼女に惚《ほ》れてることは確かだよ」

「それでしたら、会長にははっきり断ったほうがいいな。若は断りにくいでしょうから、あっしが会長に電話を入れときやしょう」

「いや、それじゃ、会長に失礼だ。おれがこれから電話するよ」

　最上は終了キーを押すと、ディスプレイに登録電話番号を呼び出した。すぐに塩谷会長の自宅に電話をかけた。

　受話器を取ったのは、部屋住みの若い衆だった。最上は名乗って、塩谷会長に替《か》わってくれと頼んだ。

　会長は八十近い年齢だが、若々しい。総白髪で、顔の血色もよかった。

「三代目、待たせたな。元気かい？」

「はい、おかげさまで。会長から、お電話をいただいたそうで……」

「久しぶりにあんたと飯でもどうかと思ったんだ。ついでに、ちょいと見合いの話をさせてもらおうと考えてたんだよ。もう誰か好《す》いた女がいるのかい？」

「ええ、一応」

「それなら、見合いの話は引っ込めよう」

「申し訳ありません」

「いいんだ。それじゃ、どこかで鮨《すし》でも喰おうや。明日の夜八時に、上野の『喜久《きく》鮨』で落ち合わねえか？」

「わかりました。必ず伺《うかが》います」

最上はそう約束して、通話を打ち切った。ポケットフォンを懐《ふところ》に戻し、刑事部を出た。

ちょうどそのとき、コンビを組んでいる検察事務官の菅沼直昭が廊下の向こうから急ぎ足でやってきた。二十九歳の菅沼は、直情型の好青年である。

「最上検事、ちょっと相談に乗っていただけませんか？」

「デートするような女性ができたのかい？　少しぐらいなら、デート代を回してやってもいいぜ」

「そんなんじゃないんです」

「何かトラブルに巻き込まれたのか？」

最上は低く訊《き》いた。菅沼が周囲を見回した。廊下には、幾《いく》つか人影があった。

「話は、おれの車の中で聞こう」

最上は先に歩きだした。すぐに菅沼が従《つ》いてきた。

二人はエレベーターに乗り込んだ。

検察庁合同庁舎には、東京区検、東京地検、東京高検、最高検が同居している。一階には事務部門が設けられ、二階は区検のフロアだ。

地検は三、四、五階を使っている。花形の特捜部のフロアは四階と五階だ。特捜部は知能犯係、財務経済係、直告係の三部門に分かれている。

超エリート検事の集団である。特捜部検事は三十人そこそこしかいない。彼らの補佐役として、五、六人の副検事と六十人前後の検察事務官が働いている。

五階には検事調室がずらりと並び、いつも超エリート検事たちが忙しげに廊下を往来しているはずだ。最上は、めったに五階に上がることはなかった。

エレベーターが一階に着いた。

最上は菅沼とともにホールに降りた。

すると、目の前に綿引伸哉《わたびきのぶや》がいた。警視庁捜査一課の敏腕刑事である。三十八歳だった。

やや小柄だが、全身にある種の凄《すご》みをにじませている。

「検事殿、しばらくです」

「綿引《ワタ》さん、その検事殿という言い方はいい加減にやめてくれませんか。おれのほうが三つも年下なんですから」

「しかし、格はあなたのほうが上です。そちらは検事殿で、こちらは単なる警部補です」

「そのあとの台詞《せりふ》は、おれが言いましょう。力関係は、あなたのほうが強い。検察官は必要なら、警察官《サツカン》を手足として使えるわけですから――」

「こりゃ、まいったな」

「何度も同じ言い訳を聞かされたんで、自然に憶《おぼ》えちゃったんです」

最上は言った。

「そうですか。お二人で、これから聞き込みに行かれるのかな？」

「いや、もう帰るとこです。綿引《ワタ》さんは、また田所検事に捜査資料を届けに？」

「ええ、そうです。それでは、また！」

綿引が慌《あわ》ただしく函《ケージ》の中に入った。

最上は目顔《めがお》で菅沼を促した。二人は肩を並べて駐車場に向かった。最上は、綿引に友情めいたものを懐《いだ》いていた。

綿引は検察庁の人間をライバル視しているが、骨のある男だ。あらゆる権力に屈することなく、堂々と犯罪と立ち向かっている。正義感を貫《つらぬ》き、誠実でもあった。

といっても、融通の利かない堅物ではない。人情味があり、人生の機微も弁《わきま》えている。

綿引には、重い過去があった。敏腕刑事は二年半ほど前に指名手配中の強盗殺人犯を袋小路に追い詰めた際、先に発砲した相手をとっさに撃ち殺してしまったのだ。

それは、いわば正当防衛だった。綿引は法的には罰せられなかった。

しかし、人ひとりを射殺した事実は重い。しかも、死んだ強盗殺人犯には若い妻と三歳の娘がいた。

綿引は大いに苦悩したにちがいない。そういう男だ。

同僚刑事から聞いた話によると、綿引は俸給の中から毎月十万円を撃ち殺した強盗殺人犯の遺児に送り届けているらしい。最上は当の本人に噂《うわさ》の真偽を確かめたことはなかったが、事実だと確信している。

また、綿引は最上の裏稼業に気づいている気配がうかがえる。現に最上は綿引に何度か尾行され、恐喝の証拠を握られそうにもなった。

たまたま同じ事件を追っていて、互いに窮地から救い出し合ったこともあった。

追う側と追われる側と立場こそ違っているが、どちらも狡猾《こうかつ》な大悪党を憎んでいた。そんなことで、わかり合える部分が多いのかもしれない。

職員用の駐車場に着いた。最上はボルボS40のドア・ロックを解《と》いた。車体の色は薄茶だった。二千ccのセダンである。

最上は先に菅沼を助手席に坐らせ、自分も運転席に乗り込んだ。

「何があったんだい？」

「父方の叔父が夕方、一年半も通ってる民間職業訓練所の所長の頭部をゴルフ・クラブでぶっ叩いて、重傷を負わせてしまったんです」

「ほんとかい!?」

「ええ。叔父の菅沼靖男は犯行直後にぼくに電話をしてきて、いったんは現場から逃げたようです。しかし、思い直して犯行現場に戻って、居合わせた制服警官に傷害の事実を話したらしいんですよ。ぼく、大久保の犯行現場に行ってみたんです」

菅沼が叔父の犯行動機などを詳《くわ》しく語った。

「きみの叔父さんは長谷部圭太という所長に騙《だま》されたと思って、凶行に走ってしまったわけか」

「新宿署で取調べを受けてる叔父とは接見させてもらえませんでしたが、関係者たちの証言によると、そういうことなんだと思います。叔父のように一年以上も『リフレッシュ・カレッジ』に通ってるのに働き口が決まらない訓練生が大勢いるという話でしたから、リストラ退職者を狙った詐欺商法が行われてるんじゃないでしょうか?」

「そうなのかもしれない。それはそうと、おれに何か相談事があるんだろう?」

「ええ、まあ。こんなことを最上検事にお願いするのはルール違反なんですが、叔父を不起訴処分にしてやりたいんです。叔父は人一倍、世間体を気にするタイプなんですよ。だから、傷害罪で起訴されたら、自棄《やけ》を起こすかもしれません」

「甥のきみが菅沼靖男氏を不起訴処分にしてやりたいという気持ちはよくわかるが、窓際検事のおれは力になれないよ。もっともおれが地検の偉いさんでも、所轄署に圧力《アツ》をかけるようなことはしないと思うが」

「そうでしょうね。どう考えても、フェアなことじゃありませんから」

「別に正義漢ぶるわけじゃないが、そういうことは嫌いなんだ。菅沼君、わかってくれないか」

最上は言った。

「ええ、よくわかりました。ぼくも司法関係の仕事に携《たずさ》わってるのに、恥ずかしいことを言ってしまいました。さっきお願いしたことは、どうか忘れてください」

「そうしよう。たとえ叔父さんが起訴されても、重い判決は下されないだろう。叔父さんたちが悪質な詐欺に引っかかったことが立証されたら、刑はぐっと軽くなるはずだよ」

「ええ、そうですね。最上検事、どうもすみませんでした」

菅沼がそう言い、ボルボを降りた。彼の後ろ姿が遠ざかったとき、恋人の玲奈から電話がかかってきた。

「今夜、飯田橋《いいだばし》のあなたのマンションに泊めてもらいたいと思ってるんだけど、ご都合《つごう》はどうかしら？」

「大歓迎だよ。何時ごろ、おれの部屋に来る？」

「九時前後には行けるわ。でも、デリカテッセンを買ってる時間はなさそうなの。まだ残業があるのよ」

「それじゃ、レトルト食品で適当に腹ごしらえをするよ」

最上は電話を切ると、ボルボを穏《おだ》やかに発進させた。

二十八歳の玲奈は、東京国税局査察部で働いている。その美貌は人目を惹《ひ》く。知的な顔立ちだが、冷たい印象は与えない。色香があり、肉体も熟《う》れていた。

二人が恋仲になって、はや一年以上が経っている。最上は大物財界人の悪質な脱税を立件する目的で、東京国税局に協力を要請した。

そのとき、たまたまコンビを組んだのが玲奈だった。それが縁で交際を重ねるようになり、いつしか親密な関係になっていたのである。

(玲奈がお泊まりするのは十日ぶりだな。いい夜にしよう)

最上は車を自宅マンションに向けた。

2

肌のぬめりが心地よい。

最上は浴室の洗い場で、玲奈を抱きしめていた。

どちらも泡まみれだった。午後十時を数分過ぎていた。

「一緒にシャワーを浴びるのは、久しぶりなんじゃない？」

「そうだな。ボディ洗いをしてやろう」

最上は全身を左右にそよがせはじめた。弾《はず》みのある砲弾型の乳房が風船のように形を変え、二つの乳首が硬く張りつめた。

「いい感じよ」

玲奈が吐息《といき》混じりに囁《ささや》き、目を閉じた。

最上は背を丸め、玲奈の唇をついばみはじめた。玲奈が控え目に応《こた》えながら、最上の背を撫《な》でた。

最上は、ひ弱な検事ではない。筋肉質の体軀《たいく》で、身長も百八十センチ近かった。最上は学生時代に多国籍格闘技を習っていた。

それは、俗にアメリカ空手と呼ばれているマーシャル・アーツだった。日本の空手、キック・ボクシング、韓国のテコンドー、中国のカンフーなどを融合させた新しい格闘技である。突き技と蹴り技が主体だった。

これまで最上は闇仕事で幾度となく荒っぽい男たちと死闘を繰り広げてきた。殺されそうになったことは一度や二度ではなかったが、そのつど切り抜けてきた。

それは、格闘技の心得があったおかげだろう。加えて最上は中学生のころから喧嘩馴《な》れしていた。

彼は成長するにつれて、次第に自分の出自《しゅつじ》を呪《のろ》うようになった。よりによって、どうして博奕打ちの息子として生まれてしまったのか。しかも、祖父まで博徒だった。

最上は中学生になると、自暴自棄《じぼうじき》な気持ちから非行に走った。万引きを重ね、盗んだバイクで走り回った。他校生との喧嘩に明け暮れ、番長狩りも愉《たの》しんだ。

自分の将来を考えるようになったのは、高校二年の夏だった。少しずつ素行を改めるようになったが、すでに喧嘩作法は身についていた。そんなわけで、荒事《あらごと》に竦《すく》むようなことはなかった。

「好きよ」

玲奈が呟《つぶや》くように言い、最上の唇を狂おしげに貪《むさぼ》りはじめた。

最上は玲奈の愛らしい唇を吸い返し、舌を深く絡《から》めた。強く吸いつけるだけではなく、舌の裏や上顎《うわあご》の肉もくすぐった。歯茎《はぐき》も舌の先で舐《な》めた。いずれも、れっきとした性感帯である。

玲奈は喉の奥で甘やかに呻き、最上の引き締まった腰や尻を両手で愛撫しはじめた。

最上も玲奈の柔肌に指を滑らせた。ウエストのくびれを撫ぜ、白桃を想《おも》わせるヒップを揉みたてる。いい感触だった。

急に玲奈が半歩退《さ》がり、最上の股間に片手を伸ばしてきた。

最上は握られた。断続的に搾《しぼ》り込まれると、たちまちペニスは膨《ふく》れ上がった。最上も半歩後退し、玲奈の胸をまさぐりはじめた。

痼《しこ》った乳首に刺激を加えると、玲奈が喘《あえ》ぎだした。男の欲情をそそる声だった。

最上は玲奈の耳朶《みみたぶ》を甘咬《が》みしながら、泡だらけの飾り毛に触れた。

絹糸のような和毛《にこげ》をぷっくりとした恥丘に撫でつけ、五指で梳《す》き上げる。それを何度か繰り返し、敏感な突起を探った。

肉の芽は包皮から零《こぼ》れ、誇らしげに屹立《きつりつ》していた。稜線は鋭かった。

最上は、その部分を慈《いつく》しみはじめた。

圧《お》し転がし、揺さぶり、抓《つま》んだ。玲奈の喘ぎが淫《みだ》らな呻きに変わった。最上は頃合を計《はか》って、下から縦筋《たてすじ》をなぞった。

二枚のフリルが綻《ほころ》んだ。それは膨らみを増し、火照《ほて》りを帯びていた。

最上はベーシストのように指を動かしはじめた。いくらも経たないうちに、玲奈が腿をすぼめた。

「僚さん、それぐらいにして。ずっと同じことをされたら、わたし……」

「おれに遠慮することはないんだぜ」

「ううん、いいの。ベッドに行こう？」

「そうするか」

最上はシャワー・ヘッドをフックから外し、湯の矢を玲奈の肩に当てた。ボディ・ソープの泡をきれいに流し落とすと、彼はシャワーの勢いを最大にした。

下から玲奈の秘めやかな場所に湯水を注《そそ》いだ。

「あっ、そんなこと……」

玲奈が驚きの声をあげた。最上は玲奈の肩口を軽く押さえ、迸《ほとばし》る湯を陰核《クリトリス》に近づけた。

「いやよ、恥ずかしいわ」

玲奈はそう言いながらも、シャワー・ヘッドを払いのけようとしなかった。最上は湯の矢を敏感な突起に集中的に注いだ。

それから間もなく、玲奈の腰の位置が徐々に下がりはじめた。

脚《あし》がO脚気味になった瞬間、彼女は極《きわ》みに駆け昇った。むっちりとした内腿に、漣《さざなみ》のような震えが走った。

玲奈が悦《よろこ》びの声を響かせながら、黒い艶《つや》消しタイルの上にへなへなと坐り込んだ。

「いたずらがちょっと過ぎたかな」

「僚さんったら！」

「悪い、悪い」

最上は腰タイルぎりぎりまで退がり、全身の泡を手早く洗い流した。シャワー・ヘッドをフックに掛けたとき、不意に玲奈が片腕を最上の尻に回した。

次の瞬間、最上は分身を呑《の》まれた。

「返礼は、あとでいいよ」

最上は言った。玲奈は返事の代わりに、舌を情熱的に閃《ひらめ》かせはじめた。

拒《こば》む理由はない。最上は、そのまま動かなかった。

生温かい舌は忙《せわ》しなく乱舞した。

最上は巻きつかれ、突つかれ、削《そ》がれた。巧《たく》みな舌技だった。

すぐに頭の芯《しん》が熱くなった。蕩《とろ》けそうだ。

玲奈はキウイフルーツに似た部分を優しく揉みたてながら、オーラル・プレイをつづけた。最上は視線を落とした。

玲奈はうっとりとした顔で、口に含んだものを甘く嬲《なぶ》っていた。頬が大きく盛り上がったり、逆にへこんだりしている。煽情《せんじょう》的な眺めだった。

欲望が昂《たか》まりきると、最上は衝動的に体をつなぎたくなった。玲奈を立ち上がらせ、湯船の縁《ふち》に両手を掛けさせた。

「ここで、しちゃうの？」

「もうブレーキが外れちまったんだ」

最上は玲奈の腰を両腕で引き寄せた。玲奈はヒップを突き出す形になった。最上は合わせ目を指先で押し開くと、すぐさま分け入った。玲奈の体は充分に潤《うる》んでいた。

最上は片手で二つの隆起を交互にまさぐり、もう一方の手で肉の芽を弄《もてあそ》びはじめた。そうしながら、腰を躍らせた。
六、七度浅く突き、一気に奥まで進む。深く沈むたびに、玲奈は切なげに呻いた。
最上は突きまくるだけではなかった。捻《ひね》りも忘れなかった。

張り出した部分で膣口の襞《ひだ》を擦《こす》ると、玲奈は啜《すす》り泣くような声を洩らした。彼女は、そうされることが好きだった。
三、四分が流れたころ、玲奈は二度目の沸点に達した。彼女は背を波立たせ、憚《はばか》りのない唸り声を轟《とどろ》かせた。
最上も爆《は》ぜそうになった。

しかし、いま果ててしまってはもったいない。最上は気を逸《そ》らし、玲奈から静かに離れた。

「わたしだけ二度も……」

玲奈が恥ずかしそうに言い、洗い場に両膝を落とした。まだ呼吸は乱れていた。

「つづきは、寝室でやろう。先に出てるぜ」

最上は浴室を出て、ざっとバス・タオルで体を拭《ぬぐ》った。素肌に黒いバス・ローブを羽織《はお》り、脱衣室を出る。

喉が渇《かわ》いていた。最上は冷蔵庫から缶ビールを取り出し、リビングの向こう側にある寝室に入った。

十畳ほどのスペースだった。

セミ・ダブルのベッドは出窓寄りに置いてある。電灯を点け、ベッドに浅く腰かける。

缶ビールを飲み干したとき、玲奈が寝室にやってきた。

淡いグリーンのバス・タオルを胸高に巻きつけている。股間は見えそうで見えない。

「小休止するかい？」

最上は問いかけた。

玲奈は無言で首を振り、ベッドに横たわった。仰向けだった。

最上はバス・ローブを脱ぎ捨て、玲奈のバス・タオルを優しく剝《は》いだ。ペニスは萎《な》えていた。

「僚さんこそ、少し休んだほうがいいんじゃない？」

玲奈が気遣《きづか》った。

「おれを年寄り扱いしやがって」

「ほんとうに大丈夫なの？」

「じきにエレクトするさ」

最上は添い寝をする恰好《かっこう》で身を横たえ、恋人の裸身をしみじみと眺めた。

玲奈は色白で、肌理《きめ》も濃《こま》やかだ。蜜蜂のような体型である。恥毛は、逆三角形に生えていた。

最上は胸を重ね、改めて唇を合わせた。

濃厚なくちづけを交わしてから、唇を玲奈の項《うなじ》に移した。喉元、鎖骨のくぼみ、肩に口唇を滑らせ、尖《とが》らせた舌の先を耳の奥に潜らせた。

玲奈が嬌声《きょうせい》をあげ、身を揉んだ。くすぐったさの中に、快感が入り混じったのだろう。

やがて、最上は薄紅色の乳首を口に含んだ。蕾《つぼみ》を吸いながら、もう一つの乳首を指の間に挟みつけて乳房全体を愛撫する。

玲奈が悩ましげな声を切れ切れに洩らしながら、最上の髪を撫ではじめた。いとおしげな手つきだった。

最上は唇をさまよわせはじめた。腋の下の柔らかな肉を鳥のようについばみ、脇腹に舌を滑走させる。

少しずつ体を下げ、股間の翳《かげ》りに口唇を押し当てた。ピュービック・ヘアは、かすかに湯の湿《しめ》りを残していた。

最上は玲奈の内腿を愛撫しながら、繁みの底で息づいている小突起を舌で打ち震わせた。玲奈が一瞬、体をひくつかせた。

最上はゆっくりと半身を起こし、玲奈の股の間にうずくまった。

珊瑚色《さんごいろ》の亀裂はわずかに捩《よじ》れ、小さく笑《え》み割れていた。双葉に似た肉片の内側は、濡れた光を放っている。

最上は縦筋全体を幾度か舐め上げてから、本格的に口唇愛撫を施《ほどこ》しはじめた。合わせ目を吸いたて、複雑に折り重なった襞を舌の先でひとしきりくすぐった。

それから、敏感な肉の芽を刺激した。玲奈は魚のように裸身をくねらせつづけた。

最上は舌を使いながら、内奥《ないおう》に指を潜《くぐ》らせた。

天井のGスポットは大きく盛り上がっていた。ざらついた瘤《こぶ》を指の腹で圧迫すると、玲奈は妖《あや》しく腰を振った。

最上は指を動かしながら、感じやすい突起を唇と舌で刺激しつづけた。吸いつけ、そよがせ、弾《はじ》いた。

「僚さん、来て!」

玲奈が差し迫った声で訴えた。

最上は少し物足りない気がしたが、正常位で結合した。すぐに無数の襞が猛《たけ》った男根にまとわりついてきた。まるで蛭《ひる》だった。

玲奈の体の芯は、熱くぬかるんでいた。それでいて、少しも緩《ゆる》みはない。密着感が強かった。

「この瞬間を待ってたの」

玲奈が上擦《うわず》った声で言い、最上の胴を両脚で挟《はさ》みつけた。

最上は玲奈の脚を片方ずつ自分の肩に担《かつ》ぎ上げ、抽送《ちゆうそう》しはじめた。二つに折り畳まれた恰好になった玲奈は、肉のクッションのようによく弾んだ。

大きく弾むたびに、最上の背に玲奈の踵《かかと》が触れた。そのつど、征服感めいたものを味わえた。

少し経ってから、最上は玲奈の脚を肩から外した。この体位では、クリトリスをまともに摩擦できないからだ。

オーソドックスな体位に戻ると、最上は恥丘を擦《こす》りつけた。

「このまま死んでもいいわ」

玲奈が真顔《まがお》で言った。よく光る黒曜石のような瞳には、うっすらと紗《しや》がかかっていた。焦点も定まっていなかった。

官能を煽《あお》られたときの表情だ。ぞくりとするほど色っぽかった。

最上はワイルドに律動を加えはじめた。

といっても、一本調子ではなかった。緩急をつけ、腰も捻った。

「いい、いいわ。最高よ」

玲奈が言いながら、控え目に迎え腰を使いはじめた。二人のリズムは、じきに合った。

最上は突き、捻り、また突いた。

数分が過ぎたとき、玲奈が三度目の高波にさらわれた。悦楽の唸りは、どこかジャズのスキャットじみていた。途切れそうになりながらも、長く尾を曳《ひ》いた。

最上の分身に、リズミカルな緊縮感が伝わってきた。

玲奈の体の奥は、心臓のように規則正しく脈打っている。快感のビートだ。

「僚さん、動いて。わたしを突きまくって」

玲奈がせがんだ。

最上はゴールに向かって疾駆しはじめた。

少しすると、背筋が立った。ほとんど同時に、痺《しび》れを伴《ともな》った快感が腰から脳天まで駆け抜けていった。

最上は溜《た》めに溜めていたエネルギーを一気に放出した。

射精感は鋭かった。思わず声を洩らしてしまった。

二人は抱き合ったまま、互いに余韻に身をゆだねた。

「きょうは、はしたないほど乱れちゃったわ。わたしって、根が淫乱なのかしら?」

「健康な男女は、誰もが好色なものさ。ただ、性を不道徳な行為と思ってる連中は自分でブレーキをかけてるだけだよ。セックスで快楽を得ようとするのは、自然なことさ」

「そうよね」

玲奈がうなずき、キスを求めてきた。最上はたっぷり応えてから、結合を解いた。

いつものようにティッシュ・ペーパーの束《たば》を恋人に先に渡してから、自分の体を拭った。玲奈はピルを服用している。したがって、いつも男性用避妊具は使っていない。

「ちょっとお手洗いに」

玲奈がベッドを離れ、寝室から出ていった。

最上はフラット・シーツに腹這《ば》いになって、セブンスターに火を点けた。半分ほど喫《す》ったとき、ナイト・テーブルの上に置いた携帯電話が着信音を奏《かな》ではじめた。

最上は発信者の名を目で確かめた。

検察事務官の菅沼だった。最上は煙草の火を急いで消し、ポケットフォンを耳に当てた。

「菅沼君、何かあったのか?」

「は、はい」

菅沼が涙で声を詰まらせた。

「叔父さんの身に何かあったんだな?」

「ええ。叔父は新宿署の留置場で自殺しました。着ていたシャツを歯で細く切り裂いて、それを金網に引っかけ、自分の首を……」

「なんだって、そんな早まったことをしてしまったんだろうか」

最上は上体を起こした。

「帰り際《ぎわ》にも申し上げましたけど、叔父はとても世間体を気にするタイプだったんです。それに、気も弱いほうでした」

「取調べが厳しかったんだろうか」

「いいえ、そういうことはなかったようです。叔父は素直に犯行を認めてたんで、初日の取調べは早目に終わったらしいんです」

「そうか」

「叔父は自分に負けて、発作的に死を選んでしまったんでしょう。叔父がやったことは行き過ぎだったと思いますが、『リフレッシュ・カレッジ』がリストラ退職者たちを喰いものにしてるとしたら、それも問題なんではありませんか?」

「きみの言う通りだな。明日から、少しおれが『リフレッシュ・カレッジ』のことを調べてやろう」

「ぜひ、お願いします」

「菅沼君、叔父さんのことは残念だったな。心から、お悔み申し上げる。おれに手伝えることがあったら、いつでも遠慮なく言ってくれ」

最上は労《いたわ》りを込めて言い、先に電話を切った。菅沼の悲しみを思うと、情事の余情は急速に冷めはじめた。

3

法人登記簿を開いた。

最上は目で文字を追いはじめた。東京法務局の閲覧室である。

『リフレッシュ・カレッジ』の代表取締役は、所長の長谷部圭太ではなかった。長谷部は役員でさえない。彼はダミーの雇われ所長に過ぎないのだろう。

真の経営者は、岩佐諭《いわさ さとし》という人物だった。

その名には、かすかな記憶があった。最上は記憶の糸を手繰《たぐ》った。じきに思い出した。

岩佐は、全国に八校を擁《よう》する医大受験予備校『東日本医大ゼミナール』の経営者だった。彼は、ただの予備校経営者ではなさそうだ。去年の秋に、確か岩手、静岡両県警に詐欺で摘発されている。

詳細は思い出せないが、予備校生たちに有名医大に裏口入学させてやるという話をちらつかせて、『東日本医大ゼミナール』の学校債を保護者たちに一千万円で買わせていたのではなかったか。また、岩佐はもっともらしい名目で予備校生たちから、たびたび〝特別授業料〟を集めていたようだ。

そんなことで、岩佐は予備校生たちの父母から特別授業料と学校債の返還訴訟を起こされていたはずである。その後のことはわからない。

最上は必要なことを手帳に書き留め、『リフレッシュ・カレッジ』の法人登記簿を返却した。

法務局を出ると、その足で東京地検に戻った。まだ正午前だった。

最上は自席につくと、静岡県警本部にいる知り合いの警視に電話をかけた。

「東京地検の最上です。いつぞやはお世話になりました」

「いいえ、どういたしまして。お元気でしょうか？」

「ええ、おかげさまで。早速ですが、去年の秋に『東日本医大ゼミナール』を主宰してる岩佐諭という男が、そちらで摘発されましたよね？」

「はい。裏口入学詐欺事件のことでしょ？」

「そうです。その事件《ヤマ》は地検送りになったんですか？」

「いいえ。外部から圧力がかかって、不起訴処分になりました。岩佐という男は名うての詐欺師で何度も検挙《アゲ》られたんですが、起訴されたのはたったの一度だけなんです。あとは立件できないということで、いずれも不起訴になっています」

「大物政治家にうまく取り入って、裏から手を回してもらったのかもしれないな」

「おそらく、そうなんでしょう」

「警視、その事件の捜査資料《ヤマ》をファックスで送ってもらえませんかね？」

「お身内のどなたかが、何か被害に遭《あ》われたんですか？」

相手が訊《き》いた。

「いいえ、そうじゃないんです。いま関わってる事件に、ひょっとしたら、岩佐が絡んでるかもしれないと睨《にら》んだんですよ」

「そうですか。わかりました。すぐに送信いたしましょう」

「よろしくお願いします」

最上は電話を切って、セブンスターに火を点けた。刑事部には、自分のほかには誰もいなかった。

十分ほど待つと、静岡県警から捜査資料がファックスで送られてきた。二十数ページ分だった。最上はファックス・ペーパーの束を手にして、すぐに刑事部を出た。同じフロアに検事調室がある。

最上は、よく使っている検事調室に入った。

正面の窓際に検事席がある。その左手横に、検察事務官用の机が置かれている。

最上は検事席に向かい、捜査資料を読みはじめた。

六十一歳の岩佐諭は都内にある薬科大学を卒業後、大手製薬会社に入社した。しかし、七年後に依願退職し、ドラッグ・ストアの経営に乗り出した。だが、店は三年後に閉めてしまった。

その後は健康食品販売や浄水器販売を手がけ、十数年前に仙台《せんだい》市内に『東日本医大ゼミナール』を開いた。それから三年以内に、盛岡《もりおか》、静岡などに八つの医大受験予備校を開設した。

元予備校職員の供述によると、岩佐は医者の子弟しか入学を認めなかったらしい。予備校の講師はアルバイトの大学院生ばかりで、授業に使うテキストも市販の問題集を切り貼《ば》りして作っていたという。

岩佐は予備校生の保護者宅を熱心に回り、具体的な医大名を挙げて、理事長や学長に伝手《つて》があることを強調していたようだ。そして、裏口入学の保証金代わりに『東日本医大ゼミナール』の学校債券一口五十万円を最低二十口分買わせていたという。

それだけで総額一千万円だが、中には三、四十口分、買った保護者もいるらしい。

岩佐は有名医大のキャンパスで写真を撮《と》ったりしていたが、裏口入学のルートなど持っていなかった。明らかに詐欺である。

岩佐は学債という巧妙な手口で保護者たちから集めた巨額を投じて、次々に姉妹校を増やしていったという。

裏口入学できなかった医大受験生の父母たちは約束が違うと、岩佐に学債の買い戻しを要求したらしい。すると、岩佐は騒ぎ立てると、自分たちが恥をかくことになると開き直ったそうだ。

大半の保護者は、それで泣き寝入りすることになったらしい。しかし、一部の父母は憤然《ふんぜん》と特別授業料や学債代金の返還を求めた。

岩佐は詐欺容疑をあくまでも否認しつづけ、原告との示談を成立させ、不起訴になったという。詐欺師の背後には、暴力団の影がちらついているようだ。そんなことで、原告たちは泣く泣く示談に応じてしまったのだろう。

最上は捜査資料にひと通り目を通すと、原告のひとりに電話をかけてみた。浜松《はままつ》在住の開業医だ。

電話口に出たのは、女性看護師だった。最上は身分を明かして、開業医に替わってもらった。

「東京地検の方が、わたしにどのようなことを……」

「『東日本医大ゼミナール』の学債のことで、ちょっとうかがいたいことがあるんです。ご協力いただけますね？」

「その件は、もう片がついてるんです。そっとしておいてくれませんか」

「お気持ちはわかりますが、岩佐のような悪質な詐欺師を野放しにしておいたら、新たな被害者が続出するでしょう」

「あの男は別の手口で、また詐欺を働いてるんですね？」

「その疑いがあるんです。思い出したくもないことでしょうが、ご協力願えませんかね？　あなたには、決して迷惑はかけません。いかがでしょう？」

「わかりました。知っていることは、すべて話します」

「それでは、早速うかがいます。岩佐は学債を買ってくれれば、息子さんを必ず東都医大に入学させると言ったんですね？」

「ええ、その通りです。それで、わたしは四十口分の学債を二千万円で買ったんです。そのとき、岩佐に念書を認《したた》めてくれと頼んだんですが、それは聞き入れてもらえませんでした」

「あなたは、息子さんを必ず東都医大に入れてもらえるという念書が欲しかったんですね？」

最上は確かめた。

「そうです。世間の人たちは、すべての医者がリッチだと思い込んでいるようですが、開業医はそれほど儲かってないんです。最新の医療機器のローン負担が大きくて、年間収入は三千万もいかない年もあるんですよ」

「そうですか」

「しかし、なんとか医院をひとり息子に継《つ》がせたい一心で、虎の子の二千万円を吐き出したんです。岩佐は万が一、倅《せがれ》が不合格になった場合は速《すみ》やかに学債を買い戻すと言ってたんです」

「それは、口約束だったんですね？」

「ええ、そうです。息子は東都医大には入れなかったんで、すぐに学債の買い戻しをしてくれと申し入れました。しかし、岩佐は息子の点数が裏口入学のボーダー・ラインのすぐ下だから、翌年には必ず合格させると言って、特別授業を受けろと強く……」

「それで、どうされたんです？」

「息子は部活のサッカーに熱中してて、あまり受験勉強はしてなかったんです。一浪ぐらいは仕方ないだろうと考えて、倅に特別授業を受けさせることにしました。年間三百万円の授業料を全納してね。ところが、去年の夏に岩佐は突然、静岡校を閉鎖してしまったんですよ」

「で、詐欺に引っかかったと思ったわけですね？」

「そうです。息子の予備校仲間も同じ手口で四、五人、特別授業料を払わされてました。で、被害に遭った保護者が相談して、特別授業料と学債代金返還訴訟を起こしたんです」

開業医はそう言い、長嘆息した。

「示談に応じられたのは、なぜなんです？」

「訴訟を起こしたとたん、われわれ原告の身辺に黒い影が迫ってきたんですよ。厭《いや》がらせの無言電話もちょくちょくかかってきました。ある原告のお宅の庭には、黒豚の生首が投げ込まれました。そんなことで怕《こわ》くなってしまい、われわれは告訴を取り下げることになったわけです」

「お金は、どうなったんです？」

「半分だけ返してもらいました。裏口入学の根回しで経費がかかったからという理由で、半分しか返ってこなかったんです。特別授業料のほうも同じです」

「とんだ災難でしたね」

「まったくです。出来の悪い子供を持つと、苦労させられます」

「いま、息子さんは？」

「この四月から、東京のまともな医大受験予備校に通うことになってます」

「手許《てもと》の資料によると、岩佐の自宅は世田谷《せたがや》区成城《せいじょう》五丁目にあるようだが、行かれたことは?」

「訴訟を起こす前に、原告団が自宅に押しかけたんですが、あいにく岩佐はいませんでした」

「そうですか」

「圧倒されそうな豪邸でしたよ。岩佐は仙台や盛岡にも家を持ってるらしいんです。詐欺で贅沢《ぜいたく》な生活をしていると思うと、怒りがぶり返してきます」

「でしょうね」

「岩佐には奥さんがいるんですが、おおかた若い愛人を囲ってるんでしょう。検事さん、あいつは今度はどういう手口で、お金を騙《だま》し取ったんです?」

「その質問には答えられないんですよ、あしからず」

最上は謝意を表し、通話を打ち切った。

ファックス・ペーパーの束を二つに折り畳んだとき、上着の内ポケットで携帯電話が鳴った。

電話をかけてきたのは、私立探偵の泊栄次《とまりえいじ》だった。最上は裏稼業の調査で、これまでに泊を何度も使ってきた。

五十三歳の泊はゼネラル興信所の所長と称しているが、所員はひとりも雇っていない。猫背で、貧相な顔立ちだった。

泊は二年前の春に八王子《はちおうじ》署に恐喝未遂容疑で逮捕され、目下《もっか》、執行猶予《ゆうよ》の身である。彼は八王子ＩＣ《インターチエンジ》近くのモーテルで午下《ひるさ》がりの情事を愉《たの》しんでいる不倫カップルの車のナンバーから身許を調べ、口留め料を脅し取ろうと企《くわだ》てた。

しかし、脅迫した相手のほうが一枚上手だった。泊は指定された場所にのこのこ出かけ、待ち受けていた刑事に緊急逮捕されてしまったのだ。

「旦那、ご無沙汰してます。お元気ですか？」

「あんた、どういう神経してるんだっ」

「はあ？」

「空とぼけるつもりか。あんたは去年の十二月に橋口明夫《はしぐちあきお》とつるんで、おれから一億円を脅し取ろうとした」

「そのことですか。結局、旦那は一億円を橋口とわたしから取り戻したわけですから、別に被害はなかったわけでしょ？」

「確かに金は取り戻した。しかし、おれは飼い犬に手を噛まれたようなもんだ。ちょくちょく小遣いを稼がせてやってた探偵屋に裏切られたわけだからな」

最上は冷ややかに言った。

「あのときは、つい魔がさしちまったんですよ。いまは深く反省してます。だから、もう勘弁してくれませんか。ね、旦那！」

「用件は？」

「旦那、そうつんけんしないでくださいよ。わたし、旦那のためにずいぶん危ない橋を渡ってきたじゃありませんか」

「おれを脅迫するつもりなのかっ」

「め、滅相《めっそう》もない。生活費にも事欠いてるんで、また何か下働きをさせてもらいたくて、お電話したんです」

「あんたに、もう仕事を回す気はない。うっかりしてると、寝首を掻《か》かれることになるからな」

「旦那って、案外、執念深いんですね。驚きました」

泊が笑いながら、そう言った。

「おれが怒るのは当然だろうが」

「それだから、さっき謝ったじゃないですか。昔のことは、もう水に流してくださいよ」

「昔のことだって？　まだ四カ月しか経ってない」

「理屈っぽいんだな、旦那は。とにかく、わたしが悪うございました。これで、もう赦《ゆる》してくださいよね。話を元に戻しますけど、わたし、所持金が一万数千円しかないんですよ。このままじゃ、路上生活者《ホームレス》になるほかありません」

「なれよ。もう春だから、野宿もそれほど苦にならないだろうが」

「旦那、あまりいじめないでくださいよ。どんな調査でも、喜んでやらせてもらいます。謝礼も、お安くしておきます」

「いまんとこ、あんたの力は必要ない」

「まいったなあ。それじゃ、旦那、十万ほど貸してもらえませんかね?」

「ふざけるな」

最上は怒鳴《どな》りつけて、ポケットフォンの終了キーを押した。それを待っていたように、すぐに着信音が響きはじめた。

「若《わか》、あっしです」

代貸の亀岡だった。

「何かあったようだな?」

「へえ。いまさっき塩谷会長から連絡がありやして、今夜の若との会食を日延べさせてもらいてえと……」

「会長、体調がすぐれないのか?」

「いいえ、会長はお元気です。ですが、姐《あね》さんが手洗いで倒れられたとかで、外出できなくなったというんでさあ」

「で、姐さんは入院されたのか?」

「ええ、近くの病院にね。血圧が急に高くなって少し吐いただけだとおっしゃってましたが、これから見舞いに行ってみようと思ってんでさあ」

「亀さん、そうしてくれないか。容態《ようだい》によっては、おれもすぐに病院に向かうよ」

「わかりやした。それじゃ、とりあえず、あっしが姐さんの見舞いに行ってきやす」

「よろしく頼む。病状が重いようだったら、すぐ連絡してくれ」

最上は電話を切り、検事調室を出た。

エレベーターで一階に降りると、すぐさまボルボに乗り込んだ。大久保に向かう。

目的の雑居ビルを探し当てたのは、およそ四十分後だった。

最上はボルボを路上に駐《と》め、古ぼけた雑居ビルに足を踏み入れた。七階でエレベーターを降り、『リフレッシュ・カレッジ』の教室を覗く。

中高年の男たちがパソコンに向かっていた。その隣の教室では、ビジネス英語の授業が行われていた。

奥の喫煙室では、数人の訓練生が紫煙《しえん》をくゆらせていた。

どの顔も、やつれている。再就職活動で疲れ切ってしまったのだろう。

最上は喫煙室に入り、いちばん手前の椅子に腰かけている五十六、七の眼鏡《めがね》をかけた男に話しかけた。

「東京地検の者ですが、菅沼靖男さんのことで話を聞かせてください」

「菅沼って、きのうの夕方、長谷部所長に怪我を負わせた男ですよね？」

「ええ、そうです。菅沼さんは昨夜《ゆうべ》、新宿署で自ら命を絶《た》ってしまいました」

「そうだってね。個人的なつき合いはなかったんだけど、顔と名前は知ってたんで、ショックだったなあ」

「そうでしょうね」

「彼が所長をゴルフ・クラブで思わず殴打してしまった気持ちは、よくわかりますよ。ここは高い入所金を取った上に、いろいろ指導料をぶったくってるからね。一年以上訓練した者には、再就職口を斡旋してくれるってことになってるんだが、なんだかんだ言って、なかなか……」

「働き口を紹介してくれないんですね？」

「そうなんだよ。詐欺というのは言い過ぎかもしれないけどさ、『リフレッシュ・カレッジ』はわれわれからできるだけ金を搾《しぼ》り取ろうと考えてるんじゃないのかな」

相手が言った。かたわらで聞き耳を立てていた五十歳前後の男が、会話に割り込んだ。

「絶対にそうだよ。おれなんか丸一カ月、長谷部所長を毎日せっついたんだけど、とうとう一社も紹介してくれなかった。菅沼さんがキレるのもわかるよ」

「あなたは菅沼さんと親しかったんですか？」

「帰りに時々、一緒に安酒を飲んでたんだ。菅沼さんは働き口が見つからないんで、だいぶ焦《あせ》ってた感じでしたよ。まだ子供が高校生と中学生だから、のんびりとしてられないんだとも言ってたな。それから、よく眠れないんだともね」

「そうですか」

「大きな声じゃ言えないけどさ、ここでやってることは一種の詐欺だと思うね。何人もの訓練生がそう言ってますよ。菅沼さんがああいうことをやらなかったとしても、そのうち誰かが所長をぶっ飛ばしたり、教室に火を放ってただろうね。菅沼さんは自殺する気だったんなら、長谷部をぶっ殺してやればよかったんだよ」

「ほんとだな」

眼鏡の男が同調した。

「所長はダミーに過ぎなかったんですよ。実質的な経営者は、名うての詐欺師だったんです」

「そいつは、どこの誰なんです？　教えてくださいよ」

五十年配の男が血相を変え、最上の顔を直視した。

「まだ裏付けを取ってないんで、真の経営者のことは明らかにできないんです。それより、長谷部所長の入院先はこの近くでしたっけね？」

「西新宿総合病院の外科病棟にいるって話だったな」

「ああ、そうでしたね。所長からも、話を聞いてみるか。ご協力に感謝します」

最上は男たちに背を向けた。

4

海老《えび》ピラフはまずかった。

糊《のり》のように粘《ねば》っていて、とても最後まで食べられない。

最上は溜息をついて、スプーンを投げ出した。

西新宿総合病院の食堂である。数十分前に最上は外科病棟に行ってみたのだが、面会時間は午後三時からだった。

それで、最上は時間潰しに遅い昼食を摂《と》る気になったのである。口直しにコーヒーを飲んでから、食堂を出た。

まだ二時半だった。

最上は外来者用駐車場に回り、ボルボの運転席で一服した。それから彼は、検察事務官の菅沼の携帯電話を鳴らした。

「おれだよ。叔父さんの亡骸《なきがら》は、まだ大塚の監察医務院に？」

「いいえ。もう遺体は練馬の自宅に安置されてます。叔母が遺体に取り縋《すが》って、激しく泣きじゃくってます。辛《つら》くて、見ていられないですね」

「そうだろうな。きょうは仮通夜《かりつや》なのかな？」

「ええ、そうです。しかし、死に方が死に方なんで、縁者だけでひっそりと葬式を済ませようってことになったんです」

「密葬ということなら、弔問《ちようもん》は遠慮させてもらおう」

「ええ、どうぞお気遣いなく。それよりも、最上検事……」

「調査に取りかかったよ。『リフレッシュ・カレッジ』の法人登記簿を閲覧してきたんだが、長谷部圭太は表向きの所長に過ぎなかったんだ」

「経営者は何者なんです？」

　菅沼が問いかけてきた。最上は、岩佐諭のことを詳しく話した。

「そういう犯歴のある男が、まっとうな商売をしてるとは思えませんね。岩佐は『リフレッシュ・カレッジ』で、リストラ退職者たちを喰いものにしてるにちがいありませんよ」

「おそらく、そうなんだろう。訓練生たちも働き口をいっこうに紹介してくれないと不満を洩らしてた。だから、きみの叔父さんの気持ちは理解できると言ってたよ」

「そうですか。裏口入学詐欺もいいことではありませんけど、被害者たちにも落ち度というか、それぞれに下心があったわけですから、あまり同情はできませんよね？」

「そうだな」

「しかし、叔父たち失業中の中高年男性たちは一方的に騙《だま》されてた疑いがあります。立場の弱い人間を欺《あざむ》くなんて、卑劣ですよ。絶対に赦せないな」

「おれも、そう思ってる。実はいま、長谷部の入院先に来てるんだ。面会時間は三時からだというんで、車の中で待ってるとこなんだよ」

「そうですか。雇われ所長の長谷部は、すんなり岩佐諭のことを喋るでしょうか？」

「喋らせるさ。相手は怪我をしてるんだ。少し締め上げれば、あっさり口を割るだろう」

「そうだといいな」

「こっちのことはおれに任《まか》せて、きみは弔《とむら》いの手伝いに専念してくれ」

「お言葉に甘えて、そうさせてもらいます」

菅沼が電話を切った。

最上はポケットフォンの電源を切ってから、車を降りた。院内では携帯電話の使用は禁じられていた。

まだ早過ぎる。

最上は駐車場の隅《すみ》に植えられた桜の木を仰《あお》いだ。染井吉野《そめいよしの》は満開だった。薄桃色の花は、艶《あで》やかさと儚《はかな》さを同時に感じさせた。

花吹雪《はなふぶき》を眺めると、なぜだか最上はとうの昔に病死した母親のことを思い出す。納骨のとき、谷中《やなか》の墓地に散った花びらが折り重なっていたせいだろうか。

女学校の国語教師だった母がどこで博徒の父と出会い、恋に落ちたのか。

少年時代に最上は、そのことを幾度か母親にたずねた。しかし、母は笑って、まともには答えようとしなかった。

亡父は気性が烈《はげ》しく、わがままな男だった。酒好きで、女にもだらしがなかった。ただ、弱者に注ぐ眼差《まなざ》しは常に温かかった。

といっても、これ見よがしの優しさは決して示さない。ぶっきらぼうに相手を労《いたわ》り、さりげなく世話を焼いていた。

死んだ母は、父のそうした人柄に魅《み》せられたのかもしれない。それにしても、親兄弟と縁を切ってまで父と結婚した母の情熱には圧倒される。

そうまでして一緒になったというのに、父の浮気癖は直らなかった。暮らしの苦労もあったにちがいない。母は幸せだったのだろうか。

夫を呪った日もあったはずだ。しかし、母は息子の前では父の悪口は一度も言わなかった。父もまた、母を邪険《じやけん》に扱ったことはなかった。

双方が無理をしていたのだろうか。それとも、二人は深いところで強くつながっていたのか。いまとなっては、知る由《よし》もない。

最上はノスタルジックな気分を胸から追い払い、外科病棟に足を向けた。長谷部圭太が三階の特別室に入院していることは、すでに確認済みだった。

最上はエレベーターで三階に上がり、ナース・ステーションで面会人名簿に適当な氏名と住所を記《しる》した。特別室は、最も奥にあった。

最上は相部屋を通り抜け、長谷部の病室に急いだ。

むろん、個室だった。象牙色《ぞうげいろ》のドアは閉ざされていたが、内錠は掛けられていない。

最上は静かにノブを回し、素早く特別室に入った。消毒液の匂いが漂《ただよ》っている。

窓寄りのベッドに、四十八、九の男が横たわっていた。仰向けだった。

頭部には、繃帯《ほうたい》が幾重《いくえ》にも巻かれている。男は、かすかに寝息をたてていた。

最上は枕許まで歩を進め、空咳《からぜき》をした。

すると、男がうっすらと目を開けた。

「長谷部圭太さんですね？」

「そうです、あなたは？」

「ちょっと事情があって、身分は明かせないんだ」

最上は、ぞんざいに言った。

「いったい何をしに来たんです!?」

「あんたに確かめたいことがあるんだ。あんたが『リフレッシュ・カレッジ』の雇われ所長だということはわかってる」

「おたく、何者なんだ!?」

長谷部の顔に警戒の色が拡《ひろ》がった。

「黙って質問に答えろ。経営者の岩佐諭はリストラ退職者たちを喰いものにする目的で、民間の職業訓練所をこしらえたんだな？」

「岩佐？　そんな名前の男は知らないな」

「時間稼ぎはさせないぜ」

最上は怪我人の頭部を鷲摑《わしづか》みにした。長谷部が長く唸《うな》り、痛みに顔を歪《ゆが》めた。

「おれは『リフレッシュ・カレッジ』の法人登記簿を見てるんだ。あんたは所長どころか、役員のひとりでもない。オーナーは詐欺師の岩佐諭だ。岩佐が『東日本医大ゼミナール』を舞台にして、医大裏口入学詐欺を働いたこともわかってる。あんたは、医大受験予備校の事務長か何かやってたんじゃないのか？」

「…………」

「おれを怒らせたいらしいな。それじゃ、菅沼靖男にゴルフ・クラブでぶっ叩かれた箇所を強く押してやろう」

「やめろ、やめてくれ。わたしは以前、『東日本医大ゼミナール』の仙台校の事務長をやってたんだ。しかし、予備校生の親たちからのクレームをうまく処理できなかったという理由で解雇されてしまったんだよ。しばらく仙台市内で不動産関係の仕事をしてたんだが、岩佐社長が『リフレッシュ・カレッジ』を興《おこ》すとき、ダミーの所長になってくれって頼まれたんだ」

「あんた、岩佐が裏口入学を餌《えさ》にして学債を売りつけてたことを知らなかったわけじゃないよなっ」

「それは知ってたよ。だけど、給料もよかったし、岩佐社長はちょくちょく高級クラブに連れてってくれたりしたんで、目をつぶってたんだ」

「岩佐は、いんちきな学債でどのくらい荒稼ぎしたんだ？」

「少なく見積っても、二十数億の金は集めたはずだよ。しかし、姉妹予備校の開業資金で六億前後かかってるし、訴訟を起こした保護者たちには半金を返してるから、手許には三、四億しか残ってないと思うね」

「岩佐はいずれ裏口入学詐欺が発覚すると予測し、『リフレッシュ・カレッジ』で失業者たちから金を吸い上げることを思いついたんだな？」

　最上は問いかけた。

「岩佐社長が何を考えてるのか、わたしにはよくわからないんだ。雇われ所長を引き受けてくれれば、月収百五十万は保証すると言われたんで、一も二もなく話に乗ってしまったんだよ」

「岩佐は、あんたに訓練生をできるだけ長く『リフレッシュ・カレッジ』に通わせるようにしろと言ったんだろ？」

「それは……」

「どうなんだっ」

「確かに、そう言われたよ。わたしは訓練生たちに申し訳ないと思いつつも、社長の命令には逆らえなかったんだ。なにしろ、ほとんど何もしてないのに、毎月百五十万も貰ってたんでね」

「入所金なんかは、『リフレッシュ・カレッジ』の銀行口座にプールしてあるのか？」

「口座には、数百万しか残ってない。入金があった翌日か翌々日に、岩佐社長の個人口座に振り込んでたんでね」

「岩佐に渡った入所金は、どのくらいになるんだ？」

「正確な数字は挙《あ》げられないけど、一億円前後は振り込んだよ」

「菅沼靖男がきのうの晩、留置場で首を吊《つ》ったことは知ってるな?」

「それは知ってるよ。テレビのニュースでそのことを……」

「平然とした顔をしてるな。あんたも、彼を死に追い込んだ人間のひとりなんだぞ」

「わたし自身は、訓練生を騙してるという意識はあまりないんだ。だから、特に罪の意識は感じてないね」

長谷部が他人事《ひとごと》のように言った。

最上は義憤に駆られ、長谷部の胸板に肘《ひじ》打ちを見舞った。長谷部がむせ、手脚《てあし》を縮めた。

「あんたも岩佐と同罪だろうが!」

「手荒なことはしないでくれ。わたしは怪我人なんだ」

「甘ったれるなっ。岩佐は、どこにいる?」

「知らないよ、わたしは」

「岩佐の携帯のナンバーは?」

最上はたずねた。

長谷部が短く迷ってから、電話番号を告げた。最上は自分のポケットフォンに、そのナンバーを登録した。

「おたくが何者か知らないが、岩佐社長を軽く見ないほうがいいぞ。社長は裏社会にも知り合いが多いみたいだし、国会議員たちともつき合いがあるんだ」

「政治家たちの名前を教えてもらおうか」

「名前までは知らないんだ。でも、かなりの大物と親しいみたいだぜ」

「岩佐の女関係は？　愛人はいるんだろ？」

「はっきりしたことは言えないけど、美人演歌歌手の小日向《こひなた》あかりの世話をしてるって噂はあるね」


長谷部が言った。

小日向あかりは中堅の歌手で、三十一、二だった。一、二曲、ヒット曲があるようだが、最上は演歌には疎《うと》かった。

「小日向あかりの所属プロは？」

「確かレインボー企画って芸能プロだよ」

「そうか。岩佐は、ここに顔を出したのか？」

「きのうの夜、見舞いに来てくれたよ。刑事の事情聴取が終わったころにね。岩佐社長は、わたしが刑事に何を喋ったのか、気になったようだね。こっちは社長が不利になるようなことは何も言わなかった。何かと世話になってるからね」

「岩佐は成城の自宅のほかにも、仙台や盛岡にも不動産を持ってるらしいな。あんた、住所わかるんだろ？」

「二軒とも、もう手放してるはずだよ。売却金で小日向あかりに高級マンションでも買ってやったんじゃないのかな」

「あんた、いつ退院できるんだい？」

「三週間ぐらいで出られそうだね」

「退院したら、菅沼靖男の遺骨に手を合わせろ。もし弔問しなかったら、あんたを岩佐の共犯者として逮捕させるぞ」

「おたく、捜査関係者なの⁉」

長谷部が声を裏返らせた。

最上は返事をしなかった。無言で病室を出て、エレベーター乗り場に急いだ。

外科病棟を出ると、すぐに岩佐の携帯電話をコールした。だが、電源は切られていた。

最上はＮＴＴの電話番号案内係から、レインボー企画の代表電話番号を聞き出した。

芸能週刊誌の記者になりすまし、小日向あかりの居所を探り出そうと試《こころ》みた。だが、相手に怪しまれてしまった。

（岩佐の自宅を張り込むか）

最上はボルボに乗り込み、エンジンを始動させた。

成城五丁目に着いたのは、午後四時過ぎだった。浜松の開業医が言っていたように、岩佐の自宅は人目を惹《ひ》いた。

最上はいったん岩佐邸を通り過ぎ、ボルボを迂回させた。ふたたび元の通りに戻り、岩佐邸の斜め前に車を停めた。

一服してから、ボルボを降りる。通行人を装い、岩佐の自宅の前を通過した。

門の近くには、防犯ビデオ・カメラが設置されていた。インターフォンも防犯モニター付きだろう。

岩佐が在宅しているかどうか確かめたかったが、不用意に門扉《もんぴ》には近づけない。最上はUターンし、車の中に戻った。

ラジオを聴きながら、岩佐邸をうかがいつづけた。

陽《ひ》が沈むと、門灯が点けられた。家の中も明るくなった。

邸宅の中には、誰がいるのか。

最上は岩佐の自宅の固定電話を鳴らした。ややあって、年配の女性が受話器を取った。

「はい、岩佐でございます」

「わたくし、野々村《ののむら》証券の鈴木《すずき》と申します。ご主人さまは、いらっしゃいますでしょうか？」

とっさに最上は、証券会社の営業マンに化けた。

「おりますが、いま、夫はサウナに入ってますの」

「それでは、少し時間をおいてから、もう一度お電話させてもらいます」

「株のセールスなんでしょ？」

「はい、そうです。株安がつづいている現在《いま》が買いどきだと思うんですよ。二、三、優良銘柄をご紹介させていただきたいと……」

「もう株で資産を膨らませる時代じゃないでしょ？　これからは、金を大量買いしたほうが安全だと思うわ。きのうも、主人とそんな話をしたとこなの。せっかくだけど、うちは結構よ」

スピーカーが沈黙した。

最上は苦く笑った。岩佐は汗をたっぷり絞《しぼ》り出してから、愛人の演歌歌手に会いに行くつもりなのか。

最上は本格的に張り込みをはじめた。

七時になり、八時を回った。それでも、岩佐は姿を見せない。静岡県警の警視がファックス送信してくれた捜査資料の中には、岩佐諭の顔写真も混じっていた。

電送された写真は少し不鮮明だったが、詐欺師の顔はしっかりと脳裏に刻みつけてある。邸宅から岩佐が現われれば、すぐに気づくだろう。

最上は煙草を喫いながら、根気強く待ちつづけた。

張り込みは、いつも自分との闘いだった。逸《はや》る気持ちやもどかしさをじっと抑《おさ》え込み、ひたすらマークした人物が動きだすのを待つ。焦《じ》れたら、ろくな結果にはならない。

八時半になったとき、プロレスラーのような体格をした三十歳前後の大男がボルボの横を通り抜けていった。

大男は黒いドーベルマンの引き綱《リード》を短く持っていた。愛犬を散歩させているのだろう。大柄な男とドーベルマンは四つ角まで歩くと、なぜか引き返してきた。人通りは絶えていた。

大男はボルボの真ん前で立ち止まると、いきなりフロント・バンパーを蹴った。最上は腹を立て、すぐさま車から出た。

「なんの真似だっ」

「てめえこそ、どういうつもりなんでえ。夕方から、ずっと岩佐さんの家の前に貼りついてるんだって？」

「岩佐の番犬か。どこの組員なんだ？」

「てめえ、何様のつもりなんだっ。とっとと消《う》せねえと、ミッキーに嚙み殺させるぞ」

大男が凄んで、ドーベルマンの首輪を摑んだ。

ドーベルマンは、いまにも跳《と》びかかってきそうな体勢だった。低い唸り声をあげている。

「ちょうどいい。岩佐のとこに案内してくれ。岩佐に会って、確かめたいことがあるんでな」

「てめえ、おれの言ったことがわかってねえみたいだな。そっちがそのつもりなら、手加減しねえぞ」

「おれとファイトする気かい？　いいだろう、相手になってやる」

最上は身構えた。

大男がいきなり立ち、ドーベルマンの首輪から引き綱《リード》を外した。ドーベルマンが前肢《まえあし》を発条《ばね》にして、高く跳躍《ちょうやく》した。

最上は横に跳び、中段回し蹴りを放った。

ドーベルマンが短く鳴き、路上にどさりと落ちた。

最上は踏み込んで、ドーベルマンの眉間《みけん》のあたりをキックした。ドーベルマンが口から白い泡を吹きながら、路面を転げ回りはじめた。

「ミッキー、だらしがねえぞ」

大男が飼い犬を叱りつけ、赤い引き綱《リード》を振り回しはじめた。

引き綱は、かなり太かった。顔面に先端の金具が当たったら、相当痛いだろう。

退がるのは賢明ではない。

最上はステップ・インして、折り曲げた左腕を前に突き出した。狙った通りに、赤い引き綱が腕に絡みついた。

最上は大男を引き寄せると、ボディ・ブロウを放った。

相手の腰が砕けた。

最上は大男の浮いた顎に強烈なアッパー・カットを浴びせた。したたかな手応えがあった。

大男はのけ反《ぞ》り、尻から路面に落ちた。

最上は手早く左腕のリードをほどき、身を起こしかけているドーベルマンの腹を蹴り上げた。

ドーベルマンは宙高く舞った。着地すると、大男を置き去りにして逃げ去った。

最上は引き綱を丸めて、大男に投げつけた。

「どっからでもかかってこいっ」

「堅気《ネス》じゃねえな」

「岩佐のとこに案内してもらおうか」

「ちょっと待ってくれ」

大男は驚くほど敏捷《びんしょう》に起き上がると、そのまま全速力で逃げていった。巨身にもかかわらず、逃げ足はおそろしく速かった。

（張り込みに気づかれたんだから、今夜は引き揚げよう）

最上はボルボの運転席に入り、ドアを閉めた。

第二章　強請《ゆす》られた著名人

1

わが耳を疑った。

齧《かじ》りかけのバター・トーストを落としそうにもなった。最上はブラウン管に目を向けた。

自宅マンションである。午前九時過ぎだった。

テレビの画面には、西新宿総合病院の外科病棟が映し出されている。画像が変わり、中年男性アナウンサーの顔がアップになった。

「繰り返しお伝えします。昨夜十一時ごろ、入院中の民間職業訓練所所長の長谷部圭太さん、四十九歳の病室に何者かが侵入し、就寝中の長谷部さんを殺害しました。犯人はゴム・マットを長谷部さんの顔面に強く押し当て、窒息死させた模様です」

また画面が変わり、犯行現場の特別室が映し出された。最上は食べかけのトーストを皿の上に戻し、コーヒーをブラックで啜《すす》った。

「殺された長谷部さんはおとといの夕方、自分の職場で訓練生にゴルフ・クラブで頭部を強打されて、西新宿総合病院に入院中でした。逮捕された犯人は同じ夜に警察の留置場で自殺しています。そのほか詳しいことは、まだわかっていません。次は放火殺人事件のニュースです」

アナウンサーが間を取った。ブラウン管には火災現場が映った。

最上は遠隔操作器《リモート・コントローラー》を使って、テレビのスイッチを切った。セブンスターをくわえ、簡易ライターで火を点ける。

長谷部は、雇い主の岩佐に葬《ほうむ》られたのではないか。むろん、詐欺師が自ら手を汚したとは思えない。実行犯は、ドーベルマンを引いていた大男だったのか。

その疑いは濃いが、まだ確証は何もない。

『リフレッシュ・カレッジ』の訓練生が菅沼靖男を自殺に追い込んだ責任は所長の長谷部にあると考え、天誅《てんちゅう》を加えた可能性もある。

(事件現場に行ってみよう)

最上は煙草の火を揉み消すと、洗面所に足を向けた。

急いで歯を磨き、髭《ひげ》も剃った。寝室で身仕度し、ほどなく部屋を出た。

ボルボを駆って、西新宿に向かう。目的の総合病院に到着したのは、十時二十分ごろだった。

最上は車を外来者用駐車場に入れ、外科病棟に回った。三階の事件現場には、立入禁止の札が見えた。

そのほかは、いつもと様子が変わらない。捜査関係者やマスコミの人間たちの姿もなかった。

最上はナース・ステーションの受付窓口に立った。仕切りガラスは素通しになっている。

待つほどもなく三十二、三の看護師がやってきた。最上は身分を明かし、相手に低く伝えた。

「きのうの事件のことで、ちょっと話を聞かせてほしいんです」

「は、はい」

「きのうの晩、あなたは何時に勤務につかれたんです？」

「午後十時からです」

「特別室に入院中だった長谷部氏のことは、ご存じですね？」

「ええ。わたし、十時半ごろ、長谷部さんの病室を巡回したんです。そのとき、長谷部さんはもう寝《やす》まれていました」

「灯《あか》りは？」

「いつものようにスモール・ライトだけを点けた状態でした」

「病室のドアはロックされてなかったんですね？」

「はい、そうです。個室は内錠付きなんですが、原則としてロックはしないことになっているんです。夜中に患者さんの容態が急変することがありますんでね」

「そうですか。巡回が終わったのは、何時ごろだったんです？」

「十一時数分前だったかしら？」

「その間、ナース・ステーションにはどなたもいらっしゃらなかったわけじゃないんでしょ？」

「ええ。最低三人の看護師が終夜勤務をしてますんで、ここが完全に空っぽになることはないんです」

　看護師が答えた。

「ということは昨夜、どなたかが長谷部氏を殺害した人物を目撃してるわけですね？」

「いいえ、それが……」

「どなたも犯人を見てない!?　どういうことなんです？」

「犯人はナース・ステーションの前は通らずに、非常階段を使って三階に侵入したんです。ふだん奥にある非常口は封鎖してあるんですけど、犯人は外からピッキングで非常扉のドア・ロックを解いたんですよ。そのことは、けさの現場検証ではっきりしたそうです」

「非常口から侵入して、犯人は長谷部氏を殺したわけか」

「警察の方たちは、そうおっしゃってました」

「そう。ちょっと事件現場を見せてもらいます」

「あら、どうしましょう!?　刑事さんたちに、誰も長谷部さんのいた部屋には入れないようにと言われているんです」

「検事にも捜査権はあるんですよ。それに警察と検察は、いわば身内みたいなもんです」

「それなら、別に問題はないのかしら？」

「もちろんです」

最上は笑顔で言い、ナース・ステーションから離れた。清潔な廊下を進みながら、上着のポケットからハンカチを抓《つま》み出した。事件現場に不用意に自分の指紋や掌紋を遺《のこ》すわけにはいかない。

最上は特別室のドア・ノブにハンカチを被《かぶ》せ、ゆっくりと回した。病室の窓は白いレースのカーテンで塞《ふさ》がれていたが、室内は割に明るかった。

鑑識係が指紋や足跡の採取をした痕《あと》が生々《なまなま》しい。寝具は剝《は》がされ、ベッドマットが丸見えだった。

テレビ・ニュースによると、凶器はゴム・マット状の物だったらしい。

最上は屈み込んで、床面をくまなく見回した。だが、犯人の遺留品と思われる物は何も落ちていなかった。ベッドも仔細《しさい》に観察してみたが、収穫は得られなかった。

最上は特別室を出て、ハンカチをポケットの中に戻した。ナース・ステーションの前を抜け、エレベーター・ホールにたたずんだ。

ちょうどそのとき、聞き覚えのある男の声が最上の名を低く呼んだ。最上は振り返った。ホールの隅に置かれた観葉植物の横に、綿引刑事が立っていた。

「やあ、綿引《ワタ》さん！」

「妙な場所でお会いしますね」

「そうですね。知人が相部屋に入院してるんですよ」

「その方のお見舞いですか？」

「ええ、そうです。右脚を骨折したんですが、元気そうなんで安心しました」

最上は言い繕《つくろ》った。すると、綿引が眉間に皺を寄せた。人を疑っているときに見せる癖だ。

「綿引《ワタ》さん、何なんです？　なんか感じ悪いな」

「最上検事殿は嘘が下手ですね。ポーカー・フェイスを極《き》められないし、目の動きも落ち着きを失ってしまう」

「おれが嘘をつかなきゃならない理由《わけ》でもあるって言うんですか？」

「理由はあるでしょ？」

「どんな？」

「それをわたしに言わせたいんですか？」

「言ってほしいな」

「それでは、ストレートに申し上げましょう。最上検事殿は昨夜、この病棟で殺害された長谷部圭太の事件《ヤマ》に関心を持たれた。それで、犯行現場を踏んでみる気になられた。そうですよね？」

「なぜ、そう思うんです？」

最上は問い返した。

「長谷部はおとといの夕方、菅沼検察事務官の叔父にゴルフ・クラブで頭部を撲《なぐ》られ、この病院に担《かつ》ぎ込まれました。最上検事殿は、菅沼君をかわいがってらっしゃる。で、非公式に長谷部殺しの事件を捜査してみる気になったんでしょ？」

「違いますよ。たまたま知人が、この病院に入院してただけです」

「面会時間は午後三時からだと聞いてますがね」

綿引が上目遣《うわめづか》いに言った。掬《すく》い上げるような眼差しだった。

最上は内心の狼狽《ろうばい》を隠して、努めて平静さを装った。

「看護師さんに頼んで、特別に面会を許可してもらったんですよ」

「そうですか。最上検事殿を疑うようなことを口走ってしまって、すみませんでした。少し軽率でした。東京地検の検事殿が嘘なんかつくはずありませんよね？」

「なんか奥歯に物が挟まったような言い方だな。それはそれとして、どうして綿引《ワタ》さんがここにいるんです？　新宿署に帳場が立ったんですね？」

「ええ、まあ」

綿引が曖昧《あいまい》な返事をした。帳場が立つというのは、所轄署に特別捜査本部が設けられることを意味する警察用語だ。

「捜一の旦那方が新宿署に出張《でば》ってるってことは、昨夜《ゆうべ》の事件《ヤマ》はでっかいわけですね。テレビ・ニュースによると、殺された長谷部という男は平凡な市民みたいですがね。裏の顔でも持ってたのかな？」

「最上検事殿、その手には引っかかりませんよ。何かお探りになりたいんでしょうが、わたしは何も喋る気はありません」

「綿《ワタ》引さんは何か誤解してるみたいだな」

「そんなことはないはずですがね」

綿引が意味ありげに笑った。

これ以上話し込んだら、そのうちボロを出しそうだ。最上は、わざとらしく左手首の腕時計に視線を落とした。

「もうこんな時間か。きょうは不起訴処分の手続きをやらなきゃならないんですよ。そろそろ登庁しないとな」

「お引き留めしてしまって、申し訳ありませんでした。わたしは追加の聞き込みを……」

綿引はそう言い、ナース・ステーションに歩を運んだ。応対に現われたのは、さきほどの看護師だった。

（彼女に身分を明かさなきゃよかったな。当然、綿《ワタ》引さんは看護師におれのことを訊くだろう）

最上はそう思いながら、エレベーターの下降ボタンを押した。

一階に降り、ボルボに乗り込む。携帯電話の電源を入れた直後、玲奈から電話がかかってきた。

「僚さん、菅沼さんの叔父さんのお葬式に出るの？　もし列席するんだったら、わたしの分の香典を立て替えといてもらえないかと思って。故人とは一面識もなかったけど、菅沼さんはよく知ってるから、何もしないわけにはいかないでしょ？」

「菅沼君は縁者だけで弔うと言ってたから、おれは顔を出さないことにしたんだ」

「そうなの。それじゃ、わたしも香典は包まないことにするわ。そんなことをしたら、かえって先方さんに迷惑かけることになりそうだから」

「そのほうがいいな。折を見て、菅沼君を慰めてやろうと思ってるんだ」

「そのときは、わたしも同席させて」

「わかった。必ず声をかけるよ。実は、個人的に『リフレッシュ・カレッジ』のことを調べはじめてるんだ」

最上は打ち明けた。恋人は、最上の裏仕事のことを知っている。悪党たちを追い込む手伝いをしてもらったこともあった。

「そういえば、『リフレッシュ・カレッジ』の所長が入院先で殺されたというニュースがけさのテレビで報じられてたわね」

「おれはそのことをテレビ・ニュースで知って、事件現場にやってきたんだよ。そこで、まずい人間と鉢合わせしちまったんだ」

「警視庁の綿引刑事と会ってしまったのね？」

「そうなんだ。新宿署に特別捜査本部が設置されて、綿引《ワタ》さんは長谷部所長殺しの事件《ヤマ》を担当することになったんだってさ」

「僚さん、慎重に動いたほうがいいわよ。綿引刑事は、あなたのもう一つの顔に気づいてるようだって話だったでしょ？」

「ああ。おれの勘では、綿引《ワタ》さんは裏仕事のことを完全に見抜いてるね。しかし、なぜか手錠を打とうとしないんだ」

「綿引刑事は、あなたの悪人狩りにどこかで共鳴してるんじゃない？　だから、僚さんをとことん追いつめないで、泳がせてくれてるんだと思うわ」

「そうなんだろうか」

「でも、油断しないほうがいいわね。なんといったって、綿引さんは現職刑事なんだから。これ以上、見過ごすわけにはいかないと判断したら、証拠固めをして、裁判所にあなたの逮捕状を請求するはずよ」

「あり得ないとは言い切れないな」

「そんなことになったら、僚さんは検察官の資格を失うことになるわ」

「それはいいとしても、二十七人の更生資金を都合できなくなるのは困るな。あと四億五千万を工面《くめん》すれば、組員たちを堅気にしてやれるんだ。最上組を解散する日まで、絶対に捕まりたくないね」

「それだったら、より慎重に行動すべきね」

「綿引《ワタ》さんに尻尾《しっぽ》を摑まれないように気をつけるよ」

「ええ、そうして。わたしに手伝えることがあったら、いつでも声をかけてね」

玲奈が先に電話を切った。最上は終了キーを押すと、職場に電話をかけた。受話器を取ったのは、馬場部長だった。

「最上です。どうも風邪をひいてしまったらしくて、頭と喉が猛烈に痛いんですよ」

「それはよくないな。仕事のことは気にしないで、ゆっくり養生《ようじょう》したまえ」

「部長、なんだか嬉しそうですね。わたしは、よっぽど目障《めざわ》りなんだろうか」

「突っかかるような物言いはやめたまえ。わたしは、きみの体のことを真面目に気遣ってるんだ」

「涙が出そうなお言葉だな」

「………」

「部長、どうして黙り込んじゃうんです?」

「きみは、いったいどういう神経をしてるんだね? 仮にも、わたしはきみの上司なんだぞ。上司をからかう部下がどこにいるっ」

「わたしのことを部下だと思ってくださってたのか。嬉しくて、また涙ぐみそうだな」

「何日でも、好きなだけ休みたまえ!」

馬場が怒気を含んだ声で言い、荒っぽく受話器を置いた。

最上はにやつきながら、ポケットフォンを懐に戻した。

イグニッション・キーを捻《ひね》り、車を成城に向けた。きょうも岩佐邸の近くで張り込むつもりだった。

四十分ほどで、岩佐の自宅にたどり着いた。

最上はボルボを岩佐邸の少し先に停止させ、ミラーの角度を調節した。ドライバーズ・シートに深く凭《もた》れかかっていても、岩佐邸の門のあたりはよく見える。

最上はラスクで空腹をなだめながら、張り込みに入った。

岩佐は外出しているかもしれない。最上はきのうと同じように偽電話をかけたい衝動に駆られたが、すぐに思い留まった。

妙な探りを入れたら、逆効果になる恐れがある。岩佐が警戒心を強め、家から一歩も出なくなってしまったら、締め上げることができなくなる。

（気長に待とう）

最上は自分に言い聞かせ、ミラーを仰《あお》ぎつづけた。

岩佐邸の生垣《いけがき》の際《きわ》にメタリック・ブルーのセドリックが寄せられたのは、午後二時半ごろだった。ナンバーの頭の仮名文字で、警察車とわかった。

最上は、できるだけ姿勢を低くした。

セドリックから姿を見せたのは、なんと綿引だった。綿引は門の前まで歩き、インターフォンを押した。

ややあって、女の声で応答があった。岩佐夫人の声だった。

「警視庁の綿引といいます。岩佐諭さんはご在宅でしょうか？」

「はい、おりますが……」

「『リフレッシュ・カレッジ』のことでうかがいたいことがあるんです。お手間は取らせません」

「わかりました。ただいま門扉のロックを解除しますので、そのままお入りになってください」

「はい。それでは、お邪魔します」

綿引が数秒待ってから、門扉を押し開けた。

（おれがここで張り込んでたら、そのうち綿引《ワタ》さんに見つかりそうだな。亀さんに代役を引き受けてもらおう）

最上はボルボを急発進させた。

2

ボルボのすぐ後ろにエスティマが停まった。

最上組の車である。岩佐邸の近くの脇道だった。

午後四時数分前だ。

最上は素早くボルボから出た。

代貸の亀岡がエスティマの運転席から降りかけていた。最上はそれを手で制し、エスティマに歩み寄った。

いつも着流し姿の亀岡は、流行遅れのツイード・ジャケットを着ていた。その下は、綿ネルの長袖シャツだ。下は黒っぽいスラックスだった。

「若、遅くなって申し訳ありやせん。途中で道を間違えちまって」

「おれこそ、急に亀さんを駆り出してしまって、悪かったね」

「いいえ、とんでもねえ。そうそう、ご報告が遅くなりやしたが、塩谷の姐さんの見舞いに行ってきやした」

「ご苦労さん！　それで、どうだった？」

「血圧も下がったとかで、お元気そうでした。姐さん、若によろしく伝えてほしいとおっしゃってました。あと数日で退院できそうだと言ってやした」

「入院中に一度、おれも顔を出そう」

最上は言った。

「その必要はねえと思います。塩谷会長も姐さんもお気を遣いなさる方ですから、若がわざわざ見舞いに出向いたら、かえって恐縮なさるんじゃありませんか？」

「しかし、関東俠友会の総大将の奥方が入院されたわけだからな」

「ですが、若は根っからの渡世人じゃありません。成りゆきで最上組の三代目をお継ぎになりやしたが、れっきとした検事さんです。会長ご夫妻はそのあたりのことを考慮なさって、若の見舞いは必要ないとおっしゃったんだと思います」

「そういうことなら、おれは義理がけは遠慮しておくか」

「ええ、そうなさってくだせえ。ところで、岩佐って野郎の家《ヤサ》はどこなんです？」

亀岡が訊いた。

最上は岩佐邸のある場所を細かく教え、上着のポケットを探った。抓《つま》み出した岩佐の電送写真を亀岡に手渡す。

「いかにも詐欺をやりそうな卑《いや》しい面《つら》してやがる」

「そうだな。亀さんは岩佐の自宅前に貼りついてほしいんだ。それで、岩佐が外出したら、尾行してくれないか」

「わかりやした。若は、この道で待機されるわけですね？」

「ああ。何か岩佐に動きがあったら、おれの携帯を鳴らしてほしいんだ」

「了解しやした」

「亀さん、青いセドリックが目についたら、いったん岩佐の家《ヤサ》から遠ざかってくれないか」

「その車は覆面パトカーか何かなんですね？」

「そうなんだ。それじゃ、よろしく！」

「合点でさあ」

亀岡がウインドー・シールドを上げた。

最上は自分の車の中に戻った。そのとき、エスティマが発進した。亀岡の車は四つ角を右折し、すぐに見えなくなった。

最上はセブンスターに火を点けた。

時間が虚《むな》しく流れ去った。ポケットフォンが着信音を発したのは、五時四十分ごろだった。最上は携帯電話を耳に当てた。

「あっしです。いま、岩佐がベンツに乗って出かけやした。車体の色は渋いグレイです」

亀岡が早口で報告した。

「岩佐が自分で車を運転してるのかい？」

「そうでさあ。車内には、ほかに誰も乗ってやせん」

「そう。岩佐は愛人の演歌歌手とどこかで密会するのかもしれない」

「なんかがっかりでさあ」

「え？」

「若、あっしは小日向あかりの大ファンだったんですよ。あかりは女心の切なさを情感たっぷりに歌うんで、大好きなんでさあ。けど、岩佐のようなペテン野郎の世話を受けてるんじゃ、いい女じゃありやせんや」

「ま、そうだな。芸能人の実像と虚像はかけ離れてるもんさ」

「それはそうなんでしょうが、イメージと違い過ぎまさあ」

「亀さんの嘆きはわかるが、しっかり岩佐の尾行を頼むぜ。おれは少し距離をとりながら、エスティマに従《つ》いていく」

最上は電話を切ると、ボルボを走らせはじめた。岩佐邸の前の通りに出る。

三、四十メートル前方をエスティマが走っていた。その先に、灰色のベンツが小さく見えた。

最上はステアリングを捌《さば》きながら、何度もミラーに目をやった。

綿引の車は、どこにも見当たらなかった。

ベンツは新宿方面に向かっていた。岩佐は新宿西口の超高層ホテルの一室で愛人と肌を貪り合うつもりなのか。

最上はそう思ったが、予想は外れた。

岩佐の車は、西武新宿駅に隣接するシティ・ホテルの地下駐車場に潜《もぐ》った。エスティマにつづいて、最上もボルボを地下駐車場に入れた。

岩佐が慌《あわ》ただしくベンツを降り、エレベーター乗り場に足を向けた。最上は急いでボルボを降り、エスティマに走り寄った。

亀岡がパワー・ウインドーを下げた。

「若、あっしが岩佐を追いやしょう」

「亀さんは、ここで待機しててくれ。まだ面は割れてないだろうから、おれが奴に接近するよ」

最上は言いおき、すぐさま岩佐を追った。

岩佐はエレベーターには乗らなかった。階段を使って、一階ロビーに上がった。最上も階段を駆け上がった。

岩佐はロビーの中ほどで、三十代後半の長髪の男と何か話し込んでいた。

男は勤め人には見えない。何か自由業に携っているのだろう。

岩佐たち二人は短い会話を交わすと、フロントの右手にあるティー・ルームに入った。

最上はロビーのソファに腰かけ、煙草を一本喫った。それから、ティー・ルームに足を踏み入れた。

さりげなく店内を見回す。

テーブル席は、半分ほど埋まっていた。岩佐と髪の長い男は、奥の席で向かい合っている。

通路を挟んで真横の席が空いていた。最上はそこに坐り、ウェイトレスにコーヒーを注文した。

岩佐たちは話に熱中していて、最上には目もくれなかった。最上は耳をそばだてた。

「捨てる神もあれば、拾う神もあるんだな。専属契約を結んでた写真週刊誌が廃刊になったときは、それこそお先真っ暗になりました。フリーのカメラマンで喰っていくのは、ほんとうに大変なんですよ」

長髪の男が岩佐にそう言った。

「そうだろうな」

「あなたにおいしい話を持ちかけられたときは、胸に一条の光が射《さ》し込んできた感じでしたよ」

「オーバーだね」

「いいえ、正直な話です。ああ、そういう商売もできるんだなと教えられましたよ。廃刊になった写真週刊誌はそれほどページ数が多くなかったんで、掲載してもらえなかったスクープ写真が結構あるんです」

「だろうね」

「ページ数のこともそうですけど、ほかにも制約があったんです」

「どんな？」

岩佐が問いかけた。

「超大物の政財界人や闇社会の顔役たちのスキャンダル写真を撮《と》っても、たいてい没《ぼつ》にされちゃうんです。そんな危《ヤバ》い写真を掲載したら、何らかの仕返しをされますからね。だから、編集長も最初からそういう種《ネタ》には興味を示さなかったんです」

「そう」

「信じられないようなスキャンダラスな写真が何十カットもあるんですが、ぼくらも命は惜《お》しいですからね」

「それはそうだよな。ところで、例のネガは持ってきてくれたかい？」

「ええ、いま出します」

長髪の男がかたわらに置いた革製のショルダー・バッグの中から、茶封筒を取り出した。

（どうやら岩佐は、パパラッチから誰かのスキャンダル写真のネガを買い取る気らしいな）

最上は胸底で呟き、コップの水を飲んだ。

ちょうどそのとき、コーヒーが運ばれてきた。岩佐がウェイトレスをちらりと見た。髪の長い男はウェイトレスが遠のくと、小声で言った。

「ネガだけじゃなく、一応、紙焼き《プリント》も入れてありますから」

「そう」

岩佐が茶封筒を受け取り、中身を検《あらた》めた。

「決定的なシーンが写ってるでしょ？　高倍率の望遠レンズを使って、向かいのマンションの非常階段の踊り場から被写体を盗み撮りしたんですよ。張り込んで四日目に、ようやくチャンスが訪れたんです」

「この写真を見れば、二人が不倫の関係だと誰もがわかるな」

「ええ、もろにわかりますね」

「いい写真を手に入れたよ」

「岩佐さん、ちょっとお願いがあるんです」

長髪の男が言いづらそうに切り出した。

「お願い？」

「はい。そのネガ、二百万じゃ、安いと思いません？」

「ほう、駆け引きする気か。あまり欲を出すと、ろくなことにはならんよ」

「しかし、もう少し色をつけてもらわないとなあ」

「今回で終わりというわけじゃないんだ。次回の買い取り値に色をつけてやろう」

「そういうことでしたら、今回は二百で結構です」

「そうかね。それじゃ、これを……」

岩佐が上着の内ポケットから白い封筒を摑み出し、テーブルの下で男に手渡した。かなり分厚かった。中身は二百枚の万札だろう。

髪の長い男がにこにこしながら、白い封筒をショルダー・バッグの中にしまい込んだ。

最上は先にティー・ルームを出て、地下駐車場に駆け降りた。亀岡が最上の姿に気づき、エスティマから出てきた。

向かい合うと、最上は手短に経過を話した。

「岩佐はスキャンダル写真のネガを手に入れて、誰か名のある人物を強請《ゆす》る気なんでしょう」

「おそらく、そうなんだろう。おれは、パパラッチを締め上げる。亀さんは、岩佐の尾行をつづけてくれ」

「わかりやした。あとで、若に連絡しまさあ」

亀岡が言った。

最上はうなずき、一階ロビーに上がった。ソファに坐り、備えつけの新聞を拡げた。

いくらも経たないうちに、ティー・ルームから岩佐たち二人が出てきた。二人はティー・ルームの前で別れた。

岩佐は地下駐車場に降りていった。髪の長い男は正面玄関に向かった。

最上は新聞をラックに戻すと、長髪の男を追った。男は新宿東急文化会館の前を通過し、職安通りに向かっている。

最上は職安通りの少し手前で、男を呼びとめた。

「ちょっと待ってくれ」

「え？」

髪の長い男が立ち止まった。最上は相手と肩を組む振りをして、素早くベルトをむんずと摑んだ。

「な、何なんだよっ」

「東京地検の者だ。あんたに訊きたいことがある。ちょっと来てくれ」

「おれ、何も危《ヤバ》いことなんかしてない。手を放してくれよ」

男がもがいた。最上は男を近くにある大久保公園の中に連れ込んだ。

ベンチに路上生活者《ホームレス》らしい男たちが三人腰かけ、カップ酒を回し飲みしていた。いずれも初老だった。

最上は、遊歩道から死角になる暗がりに長髪の男を連れ込んだ。繁みの中だった。

「おれが何したってんだよっ」

男が息巻いた。

「おまえは岩佐に二百万で、誰かのスキャンダル写真のネガを売ったな？」

「なんの話をしてるんだよ!? さっぱりわからないね」

「おれはホテルのティー・ルームで、一部始終を見てたんだ」

最上は言いざま、相手の睾丸《こうがん》を膝頭で蹴り上げた。

男は唸って、頽《くずお》れた。最上は男の背後に回り込み、喉を右腕で絞めつけた。男が喉を軋《きし》ませ、苦しがった。

「素直にならないと、おまえの首の骨をへし折るぞ。まず名前から聞こうか」

最上は幾分、腕の力を緩めた。

「中塚《なかつか》だよ」

「写真週刊誌の元専属カメラマンだな？」

「そ、そうだよ」

「おまえが盗撮した被写体は、どこの誰なんだ？」

「それは岩佐さんに訊いてくれ」

「念仏を唱えろ」

「お、おれを殺す気なのか!?」

中塚と名乗った男が素っ頓狂《とんきよう》な声をあげた。

「おれは、もう人生を棄《す》ててるんだ。人殺しも平気でやれる」

「だけど、あんた、検事なんだろ？」

「検事だって、人の子だ。捨《す》て鉢になりゃ、どこまでもアナーキーになれるさ」

最上はそう言い、中塚の喉を強く圧迫した。

中塚が動物じみた唸り声を洩らしながら、掌《てのひら》で地べたを二度叩いた。降参のサインだろう。

最上は右腕を喉元から離した。

「岩佐さんに売った写真のネガには、政治評論家の正岡友章《まさおかともあき》と女優の花水百合香《はなみずゆりか》が写ってるんだ」

中塚が喘《あえ》ぎ喘ぎ言った。

正岡は新聞記者出身の政治評論家で、テレビのコメンテーターとしても知られている。四十七、八で、甘いマスクをしていた。もちろん、妻子持ちだ。

女優の花水百合香は二十九歳で、独身である。しかし、恋多き女として、絶えず女性週刊誌を賑わせていた。

「二人は、どこで密会してたんだ？」

「花水百合香の自宅マンションだよ。二人はバス・ローブ姿で、居間でじゃれ合ってたんだ。正岡はかなり酔ってたらしく、百合香のバス・ローブの裾を捲《めく》ったり、胸の谷間に手を突っ込んでた。二人の濃厚なキス・シーンも撮らせてもらった」

「岩佐は、正岡たち二人から銭《ぜに》を脅し取るつもりなんだな?」

「そうなんだろうけど、はっきりしたことはわからないよ」

「岩佐とは、いつからつき合ってるんだ?」

最上は訊いた。

「別につき合ってるわけじゃない。先週、岩佐さんが突然、おれの自宅に電話してきて、有名人のスキャンダル写真のネガを高値で買い取ってやると言ったんだ」

「それで?」

「おれは少しまとまった金を手に入れたかったんで、未発表のスクープ写真をたくさん持ってるとスキャンダルの主たちのことを具体的に教えてやったんだ。そうしたら、岩佐さんは、とりあえず正岡友章のスキャンダル写真のネガを二百万円で譲ってくれと言ったんだよ」

「正岡の知名度が最も高かったってことか」

「いや、知名度がもっと高いプロ野球選手やお笑いタレントのスキャンダル写真もあったんだ。だけど、岩佐さんはなぜだか正岡友章のスキャンダル写真を欲しがったんだよ」

「政治評論家よりも、野球選手やお笑いタレントのほうが金を持ってると思うがな」

「正岡の稼ぎはともかく、彼は北陸地方で最も大きな総合病院の経営者の息子なんですよ。それから、三つ違いの実兄は東都医大の脳外科部長なんです」

中塚が言った。

(岩佐は正岡友章の弱みを切り札にして、彼の実兄に脅しをかけ、東都医大に裏口入学の〝窓口〟をつくる気でいるんじゃないのか。そういうルートを幾つか持ってれば、別に医大受験予備校を閉鎖しても、ダーティ・ビジネスはできるからな)

最上は、そう推測した。

「おれはネガを岩佐さんに買ってもらったけど、恐喝グループの一員じゃない。共犯者じゃないんだ。おれはプロの写真家なんだから、自分で撮ったものを誰に売っても問題はないはずだぜ。たとえ売った写真が強請《ゆすり》の材料に使われたとしても、おれに責任はないだろ？」

「おまえは根性が腐ってる」

「この不景気な時代に、きれいごとを言ってたら、喰っていけないよ」

中塚がそう言い、せせら笑った。最上は少し退がり、ワーク・ブーツの先で中塚の背中を思うさま蹴った。

中塚が呻いて、背中を反らせた。そのまま横倒れに転がり、体を丸めた。

「岩佐に余計なことを喋ったら、おまえを殺すからな」

最上は言い捨て、遊歩道に走り出た。

大久保公園を出ると、すぐに彼は亀岡の携帯電話を鳴らした。

「亀さん、おれだ」

「いま、若に連絡しようと思ってたんでさあ。岩佐は、ほんの少し前に新宿コマ劇場の楽屋に消えました。小日向あかりのリサイタルが開かれてるんです。お祝いに駆けつけたんでしょう」

「奴のベンツは？」

「コマ劇場の専用駐車場に置いてあります。あっしは劇場前広場に駐《と》めた車の中にいるんでさあ」

「すぐ近くにいるんだ。いま、そっちに回るよ」

「わかりやした」

亀岡が通話を切り上げた。

最上は東京都健康プラザの巨大な建物の横を抜け、花道《はなみち》通りを突っ切った。いくらも歩かないうちに、新宿コマ劇場の前に出た。

広場に回り込むと、十人前後の若い男たちがエスティマを取り囲んで運転席の亀岡に何か喚《わめ》きたてていた。

カラー・ギャングたちか。揃《そろ》って同色のバンダナを被り、パーカーを羽織っている。

「おい、なんの騒ぎなんだっ」

最上は大声を張り上げた。すると、チンピラ風の男が振り返った。

「おたく、エスティマに乗ってるおっさんの知り合い？」

「ああ、そうだ。いったい、どうしたというんだい？」

「エスティマが邪魔だから、ちょっとタイヤを蹴ったんだ。そうしたら、おっさんがクラクションを長く鳴らしやがったんだよ。だから、おれたちは頭にきて、みんなで車体を揺さぶってやったんだ」

「ま、勘弁してやってくれ。おれの連れはタイヤを蹴られたんで、むっとしたんだろう」

最上は相手をなだめた。

そのとき、エスティマの運転席から亀岡が勢いよく飛び出してきた。白鞘《しらさや》を握りしめていた。

「ガキども、死ぬ覚悟があるんだったら、かかってきな」

亀岡が痰火《たんか》を切って、若い男たちを鋭く睨みつけた。チンピラ風の男たちは一斉に後ずさった。ただ、リーダー格の男は怯《ひる》まなかった。

「おっさん、威勢がいいじゃねえか。匕首《ドス》持ってるとこを見ると、どっかのヤー公だな。おれは、ヤー公なんか怕《こわ》くねえぜ」

「坊主、粋《いき》がるんじゃねえ」

亀岡が短刀の柄尻《えじり》で、相手の胸を突こうとした。そのとき、リーダー格の男が腰の後ろからトカレフを引き抜いた。

亀岡の体が強張《こわば》った。

最上は拳銃を取り出した男の利き腕に手刀打《しゆとう》ちを浴びせた。トカレフが路上に落ちた。

亀岡が、トカレフを落とした男の顔面に頭突きを浴びせた。相手の男は前のめりになった。

すかさず亀岡が男に足払いをかけた。男は転倒して、短く呻いた。

最上はトカレフを拾い上げ、あたりを見回した。いつの間には、大勢の野次馬が群れていた。

「若、逃《フ》げ《ケ》やしょう」

亀岡が運転席に入り、助手席側のドア・ロックを外した。

最上は銃把《グリップ》から弾倉《マガジン》を引き抜き、遠くに投げ捨てた。トカレフは足許に落とし、大急ぎでエスティマの助手席に乗り込んだ。

亀岡が警笛をけたたましく鳴らし、エスティマを急発進させた。野次馬たちが左右に散った。

「血の気が多いな、亀さんは」

「年甲斐《としがい》もなく、ついカーッとしちまって。お恥ずかしいことです」

「たまには、いいさ」

「いやあ、みっともねえ真似しちまいやした」

「誰かが一一〇番したかもしれないから、いったん新宿から遠ざかろう。四谷あたりまで走って、コマ劇場の専用駐車場に戻ってくれないか」

最上は言って、ヘッドレストに頭を預けた。

亀岡は車を四ツ谷駅まで走らせると、ゆっくりと歌舞伎町に引き返した。

劇場前広場にパトカーは停まっていなかった。制服警官たちの姿も見当たらない。

「誰も一一〇番しなかったんですかね？」

亀岡がそう言いながら、エスティマを劇場専用駐車場に横づけした。

「岩佐のベンツは？」

「くそっ、消えてまさあ。ガキどもと揉めてる隙に、岩佐は帰っちまったんでしょう。若、済まねえ。あっしのせいです」

「ま、いいさ。車をホテルに回してくれないか。おれのボルボは、地下駐車場に置きっぱなしだからな」

最上は穏やかに言って、フロント・ガラスの向こうに視線を投げた。

3

応答はない。

インターフォンのスピーカーは沈黙したままだった。最上は道の端まで退がり、政治評論家の正岡友章の洒落《しゃれ》た造りの自宅を見上げた。

窓という窓は、シャッターで閉ざされている。

正岡邸は目黒区柿の木坂の閑静な住宅街にあった。敷地は優に百坪はありそうだ。庭木も多い。

岩佐の尾行に失敗した翌日の午後三時過ぎだ。成城の岩佐邸の前には、亀岡が張り込んでいる。だが、岩佐は外出する気配がないらしい。

最上は通りの左右をうかがった。

人影はなかった。

素早く最上は正岡邸の石塀《いしべい》を乗り越えた。庭木伝いに横に動き、洋風住宅に接近した。目で、電話保安器を探す。それは居間と思われる部屋の外壁に取り付けられていた。割に高い位置だった。

最上は庭を見回した。

隅に物置があった。物置に歩み寄る。戸はロックされていなかった。物置の中には、アルミ製の脚立《きやたつ》があった。

最上は脚立を使って、電話保安器の蓋《ふた》を外した。

ヒューズ型盗聴器を仕掛け、脚立を物置の中に戻す。石塀を跨《また》ぎ、路上に飛び降りた。

ごく自然な足取りで、ボルボまで歩く。誰にも見咎《とが》められなかった。

最上は運転席に入ると、グローブ・ボックスの中から自動録音装置付きの受信機を取り出した。煙草の箱ほどの大きさで、黒色だった。

この機器を盗聴器を仕掛けた場所から半径百五十メートル以内の場所に隠しておけば、正岡家の電話の遣《や》り取《と》りは自動的に九十分用のマイクロ・テープに録音される。

（こいつを隣家の生垣《いけがき》の中に突っ込んでおくか）

最上はドアの把手《とって》に手を掛けた。

ちょうどそのとき、正岡邸のガレージの前にシルバー・グレイのアウディが停まった。

運転席には、ハンサムな政治評論家が坐っていた。リア・シートには中年女性と二十歳《はたち》前後の娘が並んで腰かけている。正岡の妻子だろう。一家は旅行に出かけていたようだ。

最上は車の中に留《とど》まった。

正岡がリモコン操作でガレージのオート・シャッターを巻き揚げた。アウディは車庫に収められた。シャッターが下ろされ、ガレージは見えなくなった。

きっと岩佐は、正岡にスキャンダル写真のネガを売りつけるにちがいない。裏取引場所がわかれば、詐欺師を押さえられる。

最上は自動録音装置付き受信機にイヤフォンをセットした。

煙草を喫いながら、辛抱強く待ちつづけた。

正岡宅の受話器が外れたのは、午後五時過ぎだった。政治評論家と男のくぐもった声がイヤフォンから流れてきた。

――正岡先生ですね？

――ええ、そうです。どなたです？

――大串《おおぐし》って者《もん》です。

――どちらの大串さんですか？　テレビ局の方かな？

――いや、違う。ちょっと個人的なことで、先生にお電話したんですよ。

――個人的なこととおっしゃると？

――先生、女遊びもいいけど、少しは気をつけないとね。花水百合香のマンションで戯《たわむ》れるときは、白いレースのカーテンだけじゃなく、厚手のドレープ・カーテンもちゃんと閉めたほうがいいな。照明を点けてると、レースのカーテンだけでは、部屋の中が透けて見えるからね。

――きみは何を言ってるんですっ。花水百合香さんとはたまたまテレビの同じ番組に出演したことがあって、一度だけ番組スタッフたちを交《まじ》えて食事をしたことがあるが、彼女とは親密な間柄じゃない。

――先生、そんなふうに言い切っちゃってもいいのかな。こっちは証拠写真のネガを持ってるんですよ。

――えっ!?

――先生は売れっ子女優のおっぱいにタッチしたり、バス・ローブの裾《すそ》を捲《めく》ったりしてた。そういう写真が何枚も写ってる。なんなら、奥さん宛《あて》にプリントを送りましょうか。えへへ。

――そんなことはやめてくれ。狙いは金なんだね？　ネガをいくらで買い取れというんだ？

――一億でどうでしょう？

――無茶を言うな。わたしは実業家でもないし、芸能人でもないんだ。せいぜい用意できるのは、百万か二百万だよ。

――そんな端《はし》た金《がね》じゃ話にならないな。先生の親父さんは北陸地方で一番でっかい総合病院の理事長なんでしょ？　それから、お兄さんは東都医大の脳外科部長ですよね？

――父や兄に迷惑はかけられない。わかった、なんとか五百万を工面《くめん》する。それで、ネガを譲ってくれ。頼む！

――金を出し惜しみすると、先生はマスコミ界から消えることになりますよ。それでもいいのかな？　先生は主婦層に人気があるようだが、花水百合香を愛人にしてることが発覚したら、テレビの仕事はもちろん、講演や原稿の依頼もなくなるでしょう。

――いくらなんでも、一億円なんて無理だよ。わたしの仕事は派手に映るかもしれないが、収入はそれほど多くないんだ。

――花水百合香に相談してみなさいよ。彼女は映画やテレビ・ドラマだけじゃなく、数多くのCFに出演してる。一億や二億ぐらいは、どうってことないでしょ？

――彼女に相談するわけにはいかない。

――男の沽券《こけん》にかかわるってわけですか？

――ああ、そうだ。

――相談すれば、あの女優は一億ぐらい出すと思うがな。だって、スキャンダル写真が公《おおやけ》になったら、彼女の芸能生活も危うくなるわけですからね。

——き、きみは最初っから百合香に一億円出させる気だったんだなっ。そうなんだろうが！

——別に、そこまで考えてたわけじゃありませんよ。こっちは、どちらが金を工面してもいいんです。要するに、一億を手に入れたいだけなんだ。

——少し時間をくれないか。

——いいでしょう。一週間だけ待ちますよ。また、こちらから連絡します。


通話が終わった。

脅迫者の声は不明瞭だった。おそらくボイス・チェンジャーを使っているのだろう。

正岡はいったん受話器を置くと、すぐにどこかに電話をかけた。

——わたしだ。

——あら、先生。家族旅行中なんでしょ？

——もう柿の木坂の家に戻ってきたんだ。百合香、大串という名の男を知ってるかい？

——ううん、知らないわ。先生、なんか声が沈んでるわね。何か困ったことでも？

——ついさっき、大串と名乗る男が脅迫電話をかけてきたんだ。奴は、わたしがきみのマンションで悪ふざけをしてるときの写真のネガを持ってると言ってた。

——それ、吹かしじゃないの？

——いや、そうじゃないだろう。わたしがきみのバス・ローブの裾を捲ったときの写真もあると具体的なことを言ってたから。

——そうなの。まずいことになったわね。それで、大串とかいう男は写真のネガを先生に売りつける気なのね？

——ああ、そうなんだ。一億円で買い取れと言ってきたんだよ。

——一億円ですって⁉

——そうなんだ。とてもわたし個人では調達できる額じゃない。といって、スキャンダル写真がマスコミに流れたら、わたしたちの前途は……。

——先生、お金はいつまでに用意しろと言われたの？

——一週間の猶予をもらった。

——先生、一億円はわたしがなんとか用意するわ。独立して自分の事務所を持つために、事業資金を一億ちょっとプールしてあるの。

——それはよくない。きみは、一日も早く自分の事務所を設立することを願ってたんだ。わたしのために準備金を回してもらうわけにはいかないよ。

——先生のためだけじゃないの。わたし自身も醜聞の類《たぐい》は揉み消したいのよ。スキャンダルが明るみになったら、女優生命はおしまいになっちゃうもの。わたし、いまの仕事は天職だと思ってる。だから、癪《しゃく》だけど、一億円はくれてやるわ。

——しかし、一億という巨額だよ。

——コマーシャルの仕事をもっと引き受ければ、そのぐらいの出演料《ギャラ》は稼げるわ。

——自分の腑甲斐《ふがい》なさに腹が立つよ。

——いいのよ、気にしなくても。先生は評論家なんだから、わたしたち芸能人みたいに荒稼ぎできないもんね。

——一千万は、わたしがなんとか都合つけるよ。きみは九千万円を工面してくれれば……。

——ええ、わかったわ。

——すぐに九千万を返すことはできないが、少しずつでも必ず返済する。

——別に返してくれなくてもいいの。それより、こんなことがあったからって、先生、わたしから離れないでね。わたし、いろいろあったけど、本気で愛した男性は先生だけなんだから。

——わかってる、わかってるよ。わたしだって、死ぬまで百合香とは別れたくない。

——嬉しいわ。明日にでも銀行の定期預金を解約して、九千万円を用意しておく。

——済まないな。わたしも一千万を必ず都合するよ。それでは、そういうことで。


正岡が先に電話を切った。

最上はイヤフォンを外した。そのすぐあと、検察事務官の菅沼から電話がかかってきた。

「最上検事、体調が悪いんですか？」

「そうじゃないんだ。例の件で動き回ってるんで、職場には顔を出してないんだよ」

「そうだったんですか」

「叔父さんの葬儀は、無事に終わったのかい？」

「ええ、なんとか。淋《さび》しい葬式でしたけどね。最上検事、『リフレッシュ・カレッジ』の件は、どうなんです？」

「少し収穫があったよ」

最上はそう前置きして、これまでの経過を話した。

「岩佐諭が雇われ所長の長谷部を誰かに殺《や》らせたことは、ほぼ間違いなさそうですね？」

「ああ」

「ということは、岩佐はリストラ退職者たちを喰いものにしてただけではなく、ほかにも悪事をいろいろやってるんでしょう。その秘密を長谷部に握られてたんで、早目に口封じを……」

「そう考えてもいいだろう。岩佐が中塚というパパラッチから正岡友章のスキャンダル写真のネガを二百万で買い取ったのは、東都医大に裏口入学の〝窓口〟を作りたいと考えてるからだろう」

「最上検事、ちょっと待ってください。そうだとしたら、岩佐は正岡の実兄の脳外科医に直《じか》にスキャンダル写真を送りつけて、取り込もうとするんじゃないですか？」

「岩佐は欲深なんだろう。弟から一億円の口留め料を脅し取ってから、兄のドクターにも揺さぶりをかけるつもりなんだと思う」

「そうなんですかね。それはそうと、岩佐の愛人と思われる小日向あかりの自宅の住所はもう突きとめたんですか？」

「いや、まだだよ。所属プロに電話をして、あかりの自宅のアドレスを聞き出そうとしたんだが、教えてもらえなかったんだ」

「ぼくが調べましょうか？」

「そうだな。きみに頼むか。小日向あかりは、新宿コマ劇場で公演中なんだ」

「それじゃ、コマ劇場の前で待って、帰宅する小日向あかりを尾《つ》けてみますよ」

「そうしてもらえると、ありがたいな」

「あかりの自宅がわかったら、最上検事に連絡します」

菅沼が電話を切った。

最上はポケットフォンを懐に戻すと、自動録音装置付き受信機を手に持った。静かに車を降り、正岡邸の隣家の生垣に近づいた。

黄楊《つげ》の垣根の根方《ねかた》に受信機を隠し、すぐさまボルボに戻る。運転席のドアを閉めたとき、岩佐邸に貼《は》りついている亀岡から連絡が入った。

「若、岩佐の家に三十代半ばの崩れた感じの男が十分ほど前に入っていきやしたが、そいつの正体を突きとめましょうか？」

「そいつは、レスラーみたいな体格《ガタイ》の男かい？」

「いいえ、中肉中背でしたね。渡世人じゃなさそうですが、どことなく荒《すさ》んだ野郎でさあ」

「そう。それじゃ、亀さんはその男の正体を突きとめてくれ。おれは柿の木坂から成城に回るよ」

最上は電話を切ると、車を走らせはじめた。

岩佐邸に着いたのは、三十数分後だった。

路上にエスティマは見当たらなかった。亀岡は怪しい男を尾行しているにちがいない。

最上は、ボルボを岩佐邸の隣家の脇に寄せた。綿引がどこかに潜《ひそ》んでいるような気がしたが、接近してくる人影はない。

最上はライトを消し、エンジンも切った。

七時を過ぎても、岩佐は外出する様子がなかった。最上は空腹感を覚え、ビーフ・ジャーキーを齧りはじめた。

その矢先、亀岡から電話連絡が入った。

「若、例の野郎の正体がわかりやした。早坂《はやさか》洋《ひろし》って名前で、『ドリーム・エンタープライズ』という芸能プロダクションの社員でした」

「芸能プロの社員だったのか。あまり馴染《なじ》みのないプロダクションだが、オフィスはどこにあるんだい？」

「市谷《いちがや》です。オフィスは雑居ビルの中にあるんですが、社員は数人しかいないようでさあ。ただ、ビルの管理会社の話によると、『ドリーム・エンタープライズ』は大手芸能プロの『エコー・ミュージック』の系列会社だってんですよ」

「そう」

「どうも『エコー・ミュージック』が節税対策で、『ドリーム・エンタープライズ』を設立したようですね。早坂たち数人の社員は仕事らしい仕事もしないで、昼間っから雀荘に入り浸ってるってんです」

「それじゃ、実質的にはゴースト・カンパニーなんだろう」

「そうなんでしょう。そんな会社に勤めてる早坂と岩佐に何か接点がありやすかね?」

「亀さん、花水百合香の所属プロダクションはわかるかい?」

最上は問いかけた。

「花水百合香は確か業界二番手の『香月《こうづき》プロ』だったと思います。若、何か見えてきたんですかい?」

「正岡と百合香の電話の遣《や》り取《と》りを盗聴してわかったことなんだが、人気女優は独立したがってるようなんだ。つまり、自分の事務所を設立したがってるわけだよ。そのことを最大手プロの『エコー・ミュージック』が知って、汚い手で花水百合香を自社のタレントとして取り込む気になったんじゃないだろうか」

「そのため、『エコー・ミュージック』は岩佐にスキャンダル写真のネガを入手させたってことですね？」

「ああ。早坂って奴は、連絡係なのかもしれない。親会社の社員が動くと、人目につきやすいからね。そこで、『エコー・ミュージック』は子会社の『ドリーム・エンタープライズ』の早坂洋を連絡係にしたんじゃないのかな」

「若の推理通りだとしたら、岩佐は相当な悪党ですね。裏口入学詐欺を働き、リストラ退職者を喰いものにして、さらに恐喝までやろうとしてやがるんですから」

「亀さん、早坂をもう少し尾行してみてくれないか。ひょっとしたら、今夜、親会社の誰かと接触するかもしれないからな」

「ようござんす。いま、あっしは雑居ビルの斜め前に車を停めてあるんです。出入口は一カ所ですから、早坂がオフィスから出てきたら、すぐにわかるでしょう。何か動きがあったら、若に連絡しまさあ」

亀岡が通話を打ち切った。

最上は携帯電話を上着の内ポケットに入れ、セブンスターに火を点けた。岩佐の自宅は静まり返っている。

亀岡から電話がかかってきたのは、午後九時を数分回ったころだった。

「若、早坂って野郎は赤坂の有名なチャイニーズ・レストランで意外な人物と飯を喰ってるとこです」

「花水百合香が所属してる『香月プロ』の森江竜生《もりえたつお》という社長です。森江は五十年配で、口髭を生やした野郎です。てっきり早坂は、親会社の『エコー・ミュージック』の役員あたりと会うと思ってたんですがね。若、いったいどうなってんでしょう?」

「もしかしたら、『香月プロ』の森江社長はライバルの『エコー・ミュージック』の仕業《しわざ》に見せかけて、岩佐が手に入れたスキャンダル写真で正岡に一億円の口留め料を要求したのかもしれない」

「意外な人物って?」

「若、あっしにはよく呑《の》み込めませんが……」

「正岡は脅迫されたことを愛人の花水百合香に話す可能性がある。現に正岡は愛人に電話をかけた。森江は花水百合香の独立を阻《はば》む目的で、スキャンダルの証拠を手に入れた。スキャンダル写真を手に入れた岩佐に一億円を脅し取らせたあと、社長は百合香に淫らな写真をちらつかせて、独立を思い留《とど》まらせる気でいるんじゃないだろうか」

「なるほど、そういうことですかい。そういうことなら、早坂がライバル関係にある芸能プロの社長と会食してても不思議じゃありませんやね」

「おおかた早坂は親会社で何か仕事上のミスをやらかして、節税目的で作られた子会社に飛ばされたんだろう。『香月プロ』の森江社長は、そんな早坂に目をつけて、岩佐との連絡係をやらせた。『ドリーム・エンタープライズ』の人間を使えば、正岡を脅迫してるのは親会社の『エコー・ミュージック』と思い込みやすいからな」

「いわゆるミスリードってやつですね」

「亀さん、洒落たことを言うじゃないか」

「若、からかわねえでくだせえ。もんじゃ焼きの店をやってる女房《バシタ》が推理小説好きなんで、犯人が疑惑を逸《そ》らすために偽装工作することをミスリードっていうんだって、だいぶ前に教わっただけでさあ」

「そうなのか。亀さん、早坂の家《ヤサ》を突きとめたら、また連絡を頼む。岩佐がガードを固めてるようだから、早坂を先に痛めつけてみようと思うんだ」

「そのほうが早いかもしれませんね」

「連絡を待ってる」

最上は携帯電話の終了キーを押した。

4

エスティマの尾灯が闇に紛《まぎ》れた。

最上は亀岡の車を見送ると、ボルボを降りた。

渋谷区恵比寿《えびす》三丁目である。午後十時半過ぎだった。

斜め前には、早坂洋が住んでいる三階建てのミニ・マンションがある。部屋は三〇五号室だった。

亀岡の報告によると、早坂は赤坂のチャイニーズ・レストランの前で森江と別れ、タクシーで帰宅したという。

最上は三〇五号室を見上げた。窓から電灯の光が淡く洩れている。最上はミニ・マンションに歩を運び、静かに階段を昇りはじめた。エレベーターはなかった。

最上は三階に上がると、歩廊を透《す》かして見た。

無人だった。両手に布手袋を嵌《は》め、三〇五号室に近づいた。

玄関のスチール・ドアに耳を押し当てた。テレビの音声がかすかに響いてくる。

人の話し声は聞こえない。どうやら早坂は独り暮らしをしているようだ。

最上は周《まわ》りをうかがってから、上着のポケットから手製の万能鍵を抓《つま》み出した。だいぶ前に東京地検の証拠品保管室に忍び込み、常習の泥棒《ノビシ》が使っていた万能鍵をくすねたのである。

耳掻き棒ほどの長さで、平たい金属板だ。先端部分に三つの溝がある。

中国人窃盗団が用いているピッキング道具とは違い、たったの一本でたいていの錠は解ける。

時間も十秒程度しかかからない。

最上は万能鍵を鍵穴に挿《さ》し込み、右手首を小さく左右に振った。

ほんの数秒で、金属と金属が嚙み合った。

最上はほくそ笑みながら、手首を右に捻った。内錠が外れた。音は小さかった。最上は万能鍵

ける。
最上はドアを細く開け、素早く部屋の中に身を滑り込ませた。ドアを閉め、シリンダー錠を掛
を引き抜き、ノブをゆっくりと回した。室内で人の動く気配は伝わってこない。

奥からテレビの音声が聞こえる。

部屋の主は、トーク番組を観《み》ているようだ。間取りは1LDKだろう。

最上は土足のまま、奥に向かった。中央部にリビングがあり、その左手にダイニング・キッチンがあった。寝室は居間の右側にあるようだ。

早坂はリビングの長椅子に寝そべり、フラット・テレビに目を向けていた。チャコール・グレイのスエットの上下を身につけている。

最上は、居間の仕切りドアを乱暴に押し開けた。早坂が弾《はじ》かれたように上体を起こした。

「お、押し込み強盗だなっ」

「外れだ」

最上は長椅子に走り寄り、早坂の顔面に正拳《せいけん》を浴びせた。骨と肉が鈍く鳴った。

早坂は短く呻《うめ》き、長椅子から転げ落ちた。

最上は長椅子を回り込み、白っぽいアクセント・ラグの上に倒れ込んでいる早坂の前に立った。

そのとき、早坂がコーヒー・テーブルの上の灰皿を摑んだ。クリスタルの灰皿で、吸殻《すいがら》が何本

か入っていた。

最上は無言で足を飛ばした。

前蹴りは早坂の脇腹に入った。

早坂の手から、灰皿が落ちた。クリスタルの灰皿は卓上で跳《は》ね、アクセント・ラグの上に転がった。吸殻と灰が飛び散った。

最上は早坂を引き起こし、頬を片手できつく挟みつけた。早坂が目を剝《む》き、苦しげな唸り声を発しはじめた。

最上は指先に力を込めた。

ほとんど同時に、早坂の顎の関節が外れた。

早坂は涎《よだれ》を垂らしながら、のたうち回りはじめた。まるで散弾を浴びせられた獣のような苦しみ方だった。

最上は少し経ってから、早坂の上半身を摑み起こした。顎の関節を元通りにすると、すぐさま早坂の利き腕を肩まで捩《ねじ》り上げた。

「うーっ、痛い！　おれが何をしたって言うんだっ。いったい何の恨《うら》みがあるんだよ？」

「別に恨みはない。それに、おれは金品が欲しいわけでもないんだ」

「それじゃ、なんでおれの部屋に押し入ったんだよ⁉」

「あんたに確かめたいことがあるんだ」

「何を確かめたいんだよ?」

早坂が震え声で問いかけてきた。

「赤坂のチャイニーズ・レストランで、『香月プロ』の森江社長とどんな密談をしてたんだ?」

「おたく、何者なの!?」

「返事をはぐらかすな」

最上は早坂の右腕を肩口近くまで捩り上げた。早坂が痛みに呻いた。

「利き腕がブラブラになってもいいのかっ」

「おれ、『エコー・ミュージック』の子会社の芸能プロで働いてるんだ。『ドリーム・エンタープライズ』って会社なんだけど、税金対策のペーパー・カンパニーみたいなとこで、これといった仕事は与えられてないんだよ。二年前まで親会社の『エコー・ミュージック』でディレクターをやってたんだけど、売れっ子作曲家を怒らせちゃったんだ。それで、おれは島流しにされちまったんだよ」

「やっぱり、そうだったか。で、あんたは腐って、『エコー・ミュージック』とはライバル関係にある『香月プロ』に移る気になった。そうなんだな?」

「おたくがどうしてそんなことまで知ってるわけ!? もしかしたら、親会社に雇われてる労務コンサルタントか何か? そうか、わかったぞ。おたくは社員たちの弱みを嗅《か》ぎ回ってるリストラ請負人《うけおいにん》なんだな。親会社は社員の数を減らしたがってるからね」

「よく喋る男だ。男は無口なほうが女に好かれるらしいぜ。それはそうと、どうなんだ？」

「おれは何も言わないぞ。うっかり不用意に喋ったら、立場が悪くなるからな」

「それじゃ、代わりに言ってやろう。あんたは『香月プロ』に移りたくて、悪事の片棒を担ぐ気になった」

最上は言った。

「悪事の片棒だって!?」

「そうだ。あんたが詐欺師の岩佐諭の成城の自宅に出入りしてることはわかってるんだ。岩佐は、中塚という写真週刊誌の元専属カメラマンから花水百合香のスキャンダル写真のネガを買い取った。百合香は政治評論家の正岡友章と愛人関係にある。『香月プロ』の森江社長は所属女優の百合香が独立したがってることを察知して、なんとかそれを阻止しようと考えた」

「おたく、何者なんだよ？」

「まだ話は終わってない。森江は岩佐に正岡の自宅に脅迫電話をかけさせ、スキャンダル写真のネガを一億円で買い取れと言わせた。あんたは、森江と岩佐の連絡係をやってたんだろ？」

「おれは森江社長に頼まれて、岩佐さんの自宅に写真のネガを取りに行っただけだよ。社長は花水百合香に独立されたら、商売にならなくなるんで、何がなんでもドル箱女優を自分の事務所に留めておきたいようなんだ」

「森江があんたを使ったのは、『エコー・ミュージック』が花水百合香の引き抜きを画策して、スキャンダル写真で脅しをかけさせたと見せかけたかったからだな?」

「えっ、そうなのか⁉ 森江社長は、そんなことまで考えてたのかよ?」

「あんた、おめでたいな。森江は『エコー・ミュージック』の犯行と見せかけたかったから、わざわざあんたを連絡係にしたんだよ。つまり、あんたは森江に利用されたのさ」

「しかし、森江社長はおれを『香月プロ』に迎え入れてくれると約束してくれたんだ。だから、おれは花水百合香が独立できないよう協力したんだよ」

「森江があんたを約束通りに『香月プロ』に入れてくれると本気で思ってるのか?」

「まさか社長は約束を破ったりしないさ」

早坂はそう言いながらも、なんとなく不安そうだった。

「あんた、どうかしてるぜ。芸能プロ関係者は海千山千《うみせんやません》が多い。それなのに、森江との口約束を信じ切るなんて、ちょっと甘いな。森江はあんたに利用価値がなくなったら、クールに斬《き》るつもりなんだろう」

「そ、そんなことは……」

「考えられない?」

「ああ。でも、確かに森江社長は策士だから、ひょっとしたら、おれは騙《だま》されてるのかもしれないな」

「それを自分で確かめてみろよ」

「え？　それ、どういう意味なんだ？」

「おれと一緒に森江のとこに行こうじゃないか。森江はあんたと別れたあと、まっすぐ自宅に向かったのかい？」

「森江社長は一年以上も前から奥さんとは別居してるんだ」

「愛人がいるんだな？」

「うん、まあ。所属タレントとしんねこになって、西麻布《にしあざぶ》のマンションで彼女と同棲してるんだ」

「その女の名は？」

「本名は知らないけど、テレビ・タレント時代は真崎《まさき》翔子《しょうこ》という芸名を使ってた。クイズ番組のアシスタントなんかをやってたんだけど、もうひとつパッとしなくてね。もう二十八、九だから、年齢的にも限界なんで、森江社長の世話になる気になったんだろうな」

「西麻布のマンションに行ったことは？」

「一度だけあるよ。マンションの場所を教えるから、おたく独りで行ってくれ。おれ、森江社長に詰め寄るようなことはできない」

「おれと一緒に行かないと、あんたの右腕を折るぜ」

最上は威《おど》した。

早坂はたちまち竦《すく》み上がった。

最上は早坂を部屋から連れ出し、ボルボの助手席に乗せた。両手の親指を重ねさせ、針金できつく縛った。それだけで、両腕の自由が利かなくなる。

最上は車をスタートさせた。

西麻布までは、ひとっ走りだった。最上は早坂に道案内をさせながら、ボルボを進めた。

森江が元テレビ・タレントの愛人と暮らしているマンションは、西麻布三丁目にあった。笄《こうがい》小学校の並びに建っていた。八階建てのモダンな造りのマンションだ。

最上はマンションの横にボルボを停めた。

「おれ、逃げないよ。だから、この針金を外してくれないか」

「いや、外せない」

「まいったな」

早坂がぼやいた。

最上は先に車を降り、助手席から早坂を引きずり下ろした。すぐに片腕を摑み、アプローチを歩かせた。

マンションの表玄関はオート・ロック・システムにはなっていなかった。最上たちは勝手にエントランス・ロビーに入った。

「森江社長が彼女と同棲してるのは、四〇一号室だよ」

「そうか」

最上は先に早坂を函《ケージ》に押し入れ、四階のボタンを押した。

じきに四階に着いた。ホールに降りると、最上は早坂に低く言った。

「あんたはおとなしくしてろ。森江に何か教えたりしたら、歩廊から投げ落とすぜ」

「余計なことは言わないよ」

早坂が弱々しい声で答えた。

四〇一号室はエレベーター・ホールのそばにあった。最上は布手袋を両手に嵌《は》め、万能鍵で手早くロックを解除した。

玄関ドアを開けると、女のなまめかしい声が聞こえた。どうやら『香月プロ』の社長は、愛人と情事に耽《ふけ》っているようだ。

最上は早坂を楯《たて》にして、部屋の中に入った。

玄関ホールは割に広い。中廊下の向こうに、居間がある。電灯は点いているが、リビングには人影はなかった。

最上は早坂の背を押した。

二人は靴を履《は》いたまま、奥に進んだ。居間を挟んで、二つの居室がある。

右手にある寝室のドアは大きく開け放たれている。ダブル・ベッドが見えるが、誰もいない。

和室の襖《ふすま》は閉ざされていた。淫蕩な声は和室から洩れてくる。

最上は早坂の前に出て、襖を十センチほど静かに開けた。敷蒲団《しきぶとん》の上に、全裸の女が横たわっている。

黒い紐《ひも》で亀甲《きっこう》縛りに括《くく》られていた。両手は後ろ手に黒紐で結ばれ、折り曲げられた膝も固定されている。

女は、性器をもろに晒《さら》す恰好だった。

狭間《はざま》には二本の黒紐が差し渡されている。大陰唇は畝《うね》のように盛り上がっていた。

そのせいか、二枚の花びらは半ば隠れている。飾り毛は、そそけ立っていた。

「彼女が真崎翔子だよ」

背後で早坂が小声で言い、生唾《なまつば》を呑み下した。

奇妙な姿で転がされた裸の女のかたわらには、口髭をたくわえた五十絡みの男が坐り込んでいる。トランクスだけしか身につけていない。

男は孔雀《くじゃく》の羽根の穂先で、女の乳首を撫でていた。枕許に置かれた箱の中には、鞭《むち》、鮫皮《さめがわ》、竹べら、水晶玉《すいしょうだま》、大小の鈴、ろうそく、水牛の角《つの》などが載っていた。どれもSMプレイの小道具だ。

「口髭の男が森江だな？」

最上は早坂に顔を向けた。早坂が黙ってうなずいた。

すぐに最上は襖を荒っぽく横に払った。

森江がぎくりとして、孔雀の羽根を取り落とした。羽根は女の胸の上に落ちた。女が瞼《まぶた》を開け、驚きの声をあげた。

最上は上着のポケットから小型デジタル・カメラを掴み出し、たてつづけに三度シャッターを押した。

「早坂君、その男は誰なんだ!?」

森江が手で顔を隠しながら、大声を張り上げた。

「何者なのか、わたしにもわかりません。この男はわたしの部屋に押し入ってきたんです。わたし、脅されて仕方なく、ここまで案内してしまったんです。社長に何か確かめたいことがあるそうですよ」

「何がどうなってるんだ？　わけがわからんな」

「それは、わたしも同じです」

早坂が苦笑した。

最上は早坂に胡座《あぐら》をかかせると、八畳の和室に足を踏み入れた。壁際に桐《きり》の和箪笥《わだんす》が並び、障子窓の横に姫鏡台《ひめきょうだい》が置いてある。

「『香月プロ』の森江社長だな？」

「そうだ。あんた、誰？」

「SMプレイのパートナーを務めてるのは、元テレビ・タレントの真崎翔子だな？」

「ああ。どうやって、この部屋に入ったんだっ」

「おれは万能鍵を持ってるんだ。あんたは真性のサディストらしいな。さっき撮った映像に、あんたの顔と責め具が映ってるはずだ」

「なめたことをしやがって」

森江が鞭を摑んで、勢いよく立ち上がった。

最上は踏み込んで、森江に体当たりした。

森江がよろけて、尻餅《しりもち》をついた。最上は鞭を奪い取り、森江の肩を四、五回撲《う》った。

「やめろ、やめてくれーっ。痛いのは苦手なんだ」

森江が悲鳴混じりに言い、体を丸めた。

「鞭を使うんだったら、わたしをぶって。わたしはMだから、いじめられると、とっても感じちゃうの」

「きみは黙っててくれ」

最上は翔子に言い、森江の腰を蹴った。森江が畳の上に倒れた。

「あんた、岩佐諭と親しいな？」

「岩佐さんはゴルフ仲間なんだ。それほど親しいってわけでもない」

「あんたは岩佐に頼んで、中塚というカメラマンから花水百合香と正岡友章のスキャンダル写真のネガを手に入れてもらったな。買い取り価格は二百万円だった」

「…………」

「岩佐は第三者を使って、正岡の自宅に脅迫電話をかけさせた。そして、スキャンダル写真のネガを一億で買い取れと脅迫させた。あんたが岩佐に知恵を授《さず》けたのか?」

「わたしは知らない。岩佐さんは、そんなことをしてたのか!?」

「とぼける気かっ」

最上は鞭を鳴らし、森江の頭や肩を十数回ぶっ叩いた。

「嘘じゃない。わたしは、ほんとに知らなかったんだ。わたしは彼に、花水百合香の弱みを何か押さえてくれと頼んだだけだよ。そうしたら、岩佐さんは中塚とかいうパパラッチに接触して、百合香のスキャンダル写真を手に入れてくれたんだ。わたしは謝礼に三百万渡したが、岩佐さんとつるんでなんかない。もちろん、正岡から一億円の口留め料を脅し取る気なんかない。わたしは独立したがってる百合香を『香月プロ』につなぎ留めておきたかっただけなんだ。それで、岩佐さんに百合香の弱みを摑んでくれと……」

「あんたは、ライバルの『エコー・ミュージック』の犯行に見せかけたかったんで、そこにいる早坂を抱き込んだんだな?」

「それは認めるよ。早坂君に頼んで、『エコー・ミュージック』が花水百合香を強引なやり方で引き抜きたがってるという噂を業界に流してもらったんだ。そうしておけば、百合香はスキャンダル写真のネガを手に入れたのは『エコー・ミュージック』にちがいないと思うはずだと考えたんだよ」

「あんたは『エコー・ミュージック』と話をつけてやると花水百合香に恩を売って、独立を思い留まらせようとしたわけだ?」

「その通りだよ。早坂君は、いずれ『香月プロ』に迎え入れるつもりだったんだ」

森江が言った。

「岩佐がダーティ・ビジネスをやってることは、あんた、知ってるよな? 裏口入学詐欺を働いたり、『リフレッシュ・カレッジ』でリストラ退職者たちを喰いものにしてることだ」

「薄々気づいてたが、わたしはどっちにも関与してない。さっきも言ったが、岩佐さんとは個人的なつき合いはしてないんだ。だから、彼が正岡から一億円を脅し取ろうとしてることもまったく知らなかった。頼むから、わたしを信じてくれ」

「いいだろう。ただし、あんたに一つだけ注文がある」

「注文?」

「そうだ。花水百合香が独立したがってるんだったら、気持ちよく自分の事務所を持たせてやれ」

「百合香がいなくなったら、うちの会社は潰れてしまうよ。それだけは、できないね」

「それじゃ、例のネガを手に入れさせたのは、あんただって花水百合香に教えてやろう。それから、さっき撮ったデジタル・カメラの映像をゴシップ雑誌の編集長に観せてやろう」

「わかった。百合香の独立は認めてやるよ」

「早坂を交《まじ》えて3Pプレイでも愉《たの》しむんだな」

最上は言い捨て、森江の愛人宅を出た。

マンションの外に出たとき、菅沼から電話がかかってきた。小日向あかりの自宅を突きとめたという。住所は杉並区の天沼《あまぬま》二丁目だった。一戸建てらしい。

最上は礼を言って、電話を切った。ポケットフォンを懐に戻し、ボルボに歩み寄った。

第三章　極東マフィアの影

1

夜明け前だった。

最上は静かにボルボを降り、小日向あかりの自宅に近づいた。鉄筋コンクリート造りの二階家だった。天沼二丁目だ。

敷地は、それほど広くない。せいぜい五十数坪だろう。

角地だった。ガレージには、赤いポルシェが納められている。

門灯のほかには、照明は灯っていない。

(岩佐がいなかったら、美人演歌歌手を人質に取ろう)

最上は布手袋を嵌《は》め、ガレージの横の石塀をよじ登った。

庭は狭かった。最上は建物の裏側に回り込んだ。台所のごみ出し口に歩み寄り、上着の胸ポケットから万能鍵を取り出す。

最上は万能鍵を鍵穴に挿《さ》し込んだ。

そのとたん、警報ブザーがけたたましく鳴り渡った。最上は万能鍵を引き抜き、暗がりに身を潜《ひそ》めた。

息を殺していると、台所のドアが押し開けられた。懐中電灯を手にした六十年配の女性がこわごわ外を覗いた。パジャマの上に、薄手のカーディガンを羽織っている。

「誰かいるの？」

女が声を発した。

そのすぐあと、小日向あかりが姿を見せた。白いネグリジェの上に、真珠色のシルク・ガウンを重ねていた。

「カヨさん、誰かいたの？」

「いいえ、誰もいないようです。もっとも怕《こわ》くて、家の外には出なかったんですけどね」

「出ないほうがいいわ」

「防犯装置の誤作動なんでしょうか？」

「そうなのかもしれないわね。警備保障会社の人が駆けつけてくるはずだから、それまで家の中にいましょうよ」

「そうですね」

お手伝いと思われる女性が台所のドアを閉め、すぐに内錠を掛けた。

どうやら岩佐は、愛人宅にはいないようだ。いたら、すぐに姿を見せただろう。

（警備保障会社の者に見つかったら、厄介《やっかい》なことになるな。ひとまず退散しよう）

最上は抜き足で建物に沿って歩き、石塀を乗り越えた。

ボルボに駆け寄ると、暗がりから見覚えのある大男がぬっと現われた。先日、ドーベルマンを連れ歩いていた男だ。

「岩佐の番犬か」

最上は身構えた。大男が腰の後ろから、筒状の物を取り出した。よく見ると、先端からレコード針が覗いている。

「こいつは無音空気発射式のダート・ガンなんだ。針には、動物の運動神経を麻痺《まひ》させる樹液を塗りつけてある。これを浴びせられたくなかったら、岩佐さんの周辺をうろつかねえことだな」

「岩佐が小日向あかりの家にいるかもしれないと思ったんだが、外れちまったよ」

「てめえ、まさか岩佐さんの彼女におかしなことをしたんじゃねえだろうなっ」

「あかりとお手伝いさんはロープで縛ってある」

最上は、はったりを噛ませた。

「嘘つくんじゃねえ。おれは、てめえがあかりさんの家に忍び込むとこから出てくるまでを見てるんだ。てめえは警報ブザーにびっくりして、家の中にゃ入ってねえ」

「そう思いたきゃ、そう思え。美人演歌歌手は怯《おび》えて、いまごろお漏らしをしてるだろうさ」

「てめえ、まだ吹かしこく気かっ」

大男がダート・ガンを突き出した。

最上は前に踏み出すと見せかけ、身を翻《ひるがえ》した。逃げる気になったわけではない。

大男を脇道に誘い込む気になったのだ。あかりの自宅近くにいつまでもいたら、警備保障会社の者に怪しまれる恐れがあった。

「この野郎、待ちやがれ！」

レスラーもどきの大男が追ってきた。

最上は大男を裏通りに誘い込むと、向き直った。対峙《たいじ》した大男は息を弾ませていた。

「もう少し運動しないと、若死にするぜ」

「ふざけやがって。てめえは岩佐さんの何を嗅ぎ回ってるんでえ？」

「その質問には答えられない」

最上は言って、フェイントをかけた。

大男がダートを発射させた。最上は横に跳《と》んだ。放たれたレコード針は、後方に飛んでいった。

「一発だけじゃねえんだ。安心するのは、まだ早いぜ」

大男が手許に目をやった。

反撃のチャンスだ。最上は助走をつけて、高く跳躍した。宙で両脚を交互に屈伸させ、連続蹴りを見舞った。

蹴りは相手の顔面と胸部に決まった。大男は体をくの字に折りながら、路上に仰向けに引っくり返った。

最上は着地するなり、大男に駆け寄った。

大男が倒れたまま、ダート・ガンの引き金を絞った。レコード針は、最上の左肩のすぐ上を掠《かす》めた。

「くそったれ」

大男がダート・ガンを投げ捨て、半身を起こした。

最上は中段回し蹴りを放った。

大男は横倒れに転がった。最上は大男を蹴りまくった。

加減はしなかった。場所も選ばなかった。大男は鼻血を垂らしはじめた。唇も切れていた。

最上は大男のこめかみを靴の底で強く踏みつけた。

「どこに足《ゲソ》つけてんだ？」

「もう組員じゃねえんだ。渋谷の天童《てんどう》組にいたんだが、内職がバレちまってな」

「どんな内職をやったんだ？」

「組の覚醒剤《シャブ》を少しずつ盗《ギ》って、不良イラン人グループに捌《さば》かせてたんだ。それで、破門にされちまったんだよ」

「小指《エンコ》は飛ばしてないようだな」

「組長《オヤジ》に一千万の詫び料を渡したんだ」

「その金は、岩佐が出したんだな？」

「うん、まあ」

「岩佐とは、長いつき合いなのか？」

「一年ちょっとのつき合いだよ。渋谷のクラブでよく顔を合わせてたんで、自然に親しくなったんだ」

「おまえの名前は？」

「忘れちまったよ」

大男が鼻先で笑った。

最上は大男のこめかみに載せた右足に全体重をかけた。大男が長く唸り、手脚を縮めた。

「まだ自分の名を思い出せないかい？」

「大串だよ」

「なるほど、おまえが政治評論家の正岡に脅迫電話をかけたのか」

「おれは、岩佐に頼まれたことをやっただけだ。あの人には借りがあるからな」

「岩佐は、正岡から一億円の口留め料を本気でせしめる気でいるのか？　それとも、『香月プロ』の森江の偽装工作に一役買っただけなのか？　あるいは正岡の兄貴の脳外科医を裏口入学の〝窓口〟にする気でいるのかもしれないな」

「わからねえよ。おれは恩返しに岩佐さんのボディ・ガードをやってるだけだからな。岩佐さんが何を考えてるのかは、おれ、ほんとうに知らねえんだ。ただ、あの人は金には不自由してねえみたいだぜ。奥さんも何か事業をやってるようだからな」

「どんな事業をやってるんだ？」

　最上は訊いた。

「そこまでは知らねえよ」

「奴が民間職業訓練所の『リフレッシュ・カレッジ』の経営者だってことは知ってるな？」

「ああ、それはな」

「おまえが岩佐に頼まれて、ダミー所長の長谷部を西新宿総合病院で殺《や》ったのか？」

「おれは誰も殺《や》っちゃいねえよ。殺人《コロシ》は割に合わねえからな。たとえ岩佐さんに頼まれたって、はっきり断らあ」

「まさか岩佐自身が長谷部を始末したとは思えない。奴に頼まれて、長谷部殺しを引き受けた人物に思い当たらないか？」

「思い当たる奴はいねえけど、岩佐さんは顔が広いんだ。やくざ者ともつき合いがあるし、ロシア人にも知り合いがいる」

「ロシア人？」

「ああ。岩佐さんとこで、金髪のロシア人の男を見かけたことがあるよ。四十前後で礼儀正しいんだが、まともな貿易商じゃねえと思う。目つきが違うんだよな、堅気の人間とはさ」

「マフィアの一員かもしれないってことか？」

「そうなのかもしれねえな」

「そいつの名は？」

「岩佐さんは、イワノフって呼んでたよ」

「イワノフって奴は、どこに住んでるんだ？」

「そこまでは知らねえよ。おれ、ロシア人は嫌いなんだ。奴らは北方四島をなかなか日本に返そうとしねえからな」

大串が言って、最上の右足を払いのけた。

最上は怒らなかった。そろそろ靴をどけようと思っていたからだ。大串が綿ブルゾンのポケットから格子柄のハンカチを抓《つま》み出し、鼻血を拭《ぬぐ》った。

「岩佐は、いつも同じ曜日に小日向あかりの自宅を訪ねてるのか？」

「別に曜日は決まってねえみたいだぜ。携帯であかりさんと連絡をとり合って、月に二、三度会ってるんだ」

「そのとき、おまえは岩佐のガードを務めてるのか？」

「岩佐さんは、いつもひとりで彼女に会いに行ってるよ」

「そうか。岩佐のようなおっさんがよく美人演歌歌手を愛人にできたな」

「タイミングがよかったのさ」

「どういう意味なんだ？」

「あかりさんの前のパトロンは製紙会社の二代目社長だったらしいんだが、会社が潰れちまったんだ。そんなことで、手切れ金もろくに貰えなくて、住宅ローンの払いも滞《とどこお》らせてたらしい」

「そんなときに、岩佐が金の力で小日向あかりを……」

「そうみたいだな。岩佐さんは彼女のCDを何万枚もまとめ買いして、毎月、高《たけ》え着物をプレゼントしたんだってよ。だから、あかりさんは岩佐さんを新しいパトロンに選んだんだろう」

「まっとうな金を惚《ほ》れた女に貢《みつ》ぐんなら、別に問題はない。しかし、岩佐は詐欺まがいのことをして、荒稼ぎしてたんだ。多くの人たちが被害に遭って、中には不幸な死に方をした者もいる。だから、おれは岩佐を赦《ゆる》すことができないんだ」

「あんたの身内に被害者がいるんだな？」

「そうじゃないが、おれは岩佐を裁《さば》く。いま、奴は成城の自宅にいるんだな？」

「ああ」

「それじゃ、岩佐を小日向あかりの家に誘《おび》き出そう」

「えっ、どういうことなんでえ？」

「岩佐に電話して、あかりを人質に取られたと言うんだ」

「そんなことできるかっ」

「もっと痛い思いをしたいらしいな」

最上は大串の喉笛のあたりを蹴りつけた。大串が前屈みになった。最上は右脚を高く浮かせ、大串の背中に強烈な踵《かかと》落としを浴びせた。

大串が路面に這いつくばった。

「携帯電話を早く出せ！」

「岩佐さんを裏切るわけにはいかねえ」

「なら、おれを倒すんだな」

最上は大串の腹を蹴りまくった。大串が転げ回り、ぐったりとなった。

そのとき、表通りの方から大股で歩いてくる男が最上の視界に入った。あろうことか、綿引刑事だった。

最上は焦《あせ》った。

しかし、もはや逃げられない。どう切り抜けるべきか。

「どうされたんです？」

綿引が立ち止まるなり、最上に問いかけてきた。

「擦《す》れ違ったとき、この大男に因縁《いんねん》をつけられたんですよ。ガンを飛ばしたとか何とか言って、いきなり殴りかかってきたんです。それで、仕方なく路上で殴り合うことになってしまったんですよ」

「そうですか」

「おい、そうだよな？」

最上は大串に同意を求めた。大串は困惑顔で、最上と綿引の顔を等分に見た。

「わたしは警視庁の者だ」

綿引がそう言い、大串のそばに屈み込んだ。

「刑事だって？」

「そうだ。ずいぶん派手にぶっ飛ばされたな。大丈夫か？」

「どうってことねえよ」

大串が虚勢を張って、のろのろと立ち上がった。

「あんた、素っ堅気じゃなさそうだな。だったら、喧嘩相手をちゃんと選べよ。あんたとやり合ったのは、東京地検の検事殿だぜ」

「ほんとかよ!?」

「ああ。どうする？　パトカーに来てもらうか？」

「ちょっとした喧嘩だったんだ。大事にしないでくれや」

「なら、引き取るんだな」

綿引が言った。

大串がうなずき、急ぎ足で歩きだした。最上は大男を立ち去らせたくなかったが、何も言えなかった。

大串の姿が遠ざかると、綿引が最上の顔を見据えた。

「小日向あかりの自宅を張り込んでらっしゃったんでしょ？」

「綿引《ワタ》さん、何を言ってるんです!? 小日向あかりって、美人演歌歌手の……」

「ええ、そうです」

「なんで、おれが小日向あかりの家を張り込まなきゃならないんです？」

「それは、あかりが『リフレッシュ・カレッジ』の経営者の愛人だからですよ。最上検事殿は、岩佐諭が小日向あかりの家にいると睨んだんでしょ？」

「違いますよ。この近くに、学生時代の友人の家があるんです。そいつのとこで午前四時過ぎまで話し込んでたんですよ。帰る途中で小便したくなったんで、表通りに車を駐《と》めて、この脇道に入ったわけです。用を足して車に戻ろうとしたら、さっきの奴が因縁をつけてきたんですよ」

最上は、とっさに思いついた嘘を澱《よど》みなく喋った。

「そうなんですか。あなたと揉めた大柄な男は、成城の岩佐邸で庭掃除をしてました。あの男が岩佐の愛人宅の近くにいたのは、単なる偶然なんだろうか」

「綿引《ワタ》さん、何が言いたいんです？」

「わたしは、岩佐がさっきの男に愛人宅の様子をうかがってこいと命じたんではないかと推測したんです」

「なぜ、岩佐という男はそんなことをさせる必要があったんです？」

「それは、あなたが小日向あかりの家の近くで張り込んでるかもしれないと考えたからでしょう」

「やっぱり、綿引《ワタ》さんは何か勘違いしてるな」

「そうでしょうか」

綿引が眉間に皺《しわ》を寄せ、探るような眼差しを向けてきた。

「おれのことより、綿引《ワタ》さんこそ、こんな時刻に公務なの？」

「ええ、まあ」

「まさか、このおれをずっと尾行してたわけじゃありませんよね？」

「最上検事殿は、刑事のわたしに尾《つ》けられるようなことをなさってるのかな？」

「いや、別に後ろめたいことはしてませんよ」

最上は笑顔を作った。しかし、自分でも不自然な笑みだと感じた。

「わたし、公務がありますんで、これで失礼します」

綿引が一礼し、踵《きびす》を返した。

最上は、ひとまず胸を撫で下ろした。

2

マイクロ・テープが回りはじめた。

最上は耳に神経を集めた。

柿の木坂の正岡邸の近くに駐《と》めたボルボの中だ。少し前に正岡邸の隣家の生垣の根方に隠しておいた自動録音装置付き受信機を回収し、再生したのである。

天沼から、ここに回ってきたわけだ。東の空は朝焼けに染まっていた。

受信機から、若い女同士の会話が響いてきた。正岡の娘が学友と話題の洋画について語り合っている。

最上はテープを早送りした。

すると、今度は正岡と聞き覚えのない男の会話が洩れてきた。

——どなたですか？

——事情があって、名乗れないんですよ。

——先日、脅迫電話をかけてきた大串という男の仲間だな？

——ま、そんなとこです。ところで、正岡先生、金の都合はつきそうですか？

——なんとか工面できると思う。

——それは結構な話です。

――例のネガは、一億円と引き換えに渡してもらえるんだね？

――いまさらこんなことを言うのはなんなんですが、先生、金額を倍額にしてもらえませんか？

――二億円にしてくれってことなのか⁉

――ええ、そうです。

――汚いじゃないかっ。

――よくよく考えてみたら、あのネガにはそれだけの価値があるんですよね。

――二億なんて大金は、とても調達できない。

――先生だけのお力では、確かに難しいかもしれませんね。しかし、花水百合香はリッチなはずです。

――彼女に迷惑はかけられない。

――先生、もう少し冷静になったほうがいいんじゃありませんか？　ここで短気を起こしたら、あなたと百合香の人生は暗転することになりますよ。

――なんてことなんだ。

――百合香は先生に惚れてるんでしょ？　だったら、先生に協力すると思いますがね。

――額が大きすぎる。

――そう言わずに、二人で二億円を用意してくれませんか。売り値を倍額にしたんで、あと十日待ちましょう。

——十日じゃ、無理だ。せめて二週間だけ待ってくれないか。頼む！

——いいでしょう。その代わり、正岡先生にもう一つお願いがあります。

——まさか自宅を売却しろというんじゃないだろうな？

——そんな惨《むご》い要求はしません。あなたの実のお兄さんは東都医大の脳外科部長で、教授ですよね？

——兄には関係のないことでしょうが。

——ま、そうですね。しかし、弟さんの下半身スキャンダルが表沙汰になったら、お兄さんの立場も悪くなるでしょう？

——卑劣すぎる！

——正岡先生も、ある意味では卑劣でしょ？

——わたしのどこが卑劣なんだっ。

——あなたは良き夫を演じながら、裏では人気女優と不倫をしてる。つまり、奥さんを裏切ってるわけだ。

——心の中では妻に済まないと思ってる。

——ま、そのことはいいでしょう。話を戻しますが、たいていの私学は教授が最低三人の受験生を推薦入学させられますよね？　わたし、子弟を東都医大に入れたがってるドクターをたくさん知ってるんですよ。

——あんたは、わたしの兄に裏口入学の片棒を担《かつ》がせて、ひと儲けしようと企《たくら》んでるんだな？

——いいえ、そうじゃありません。金儲けが目的ではないんです。わたしは人助けがしたいんですよ。

——きれいごとを言うな！

——正岡先生、あなたからお兄さんに協力するよう言ってもらえますね？

——断る。兄は潔癖だから、そういう不正は大嫌いなんだ。

——それでは、わたしがスキャンダル写真の紙焼きを持って、直接、あなたのお兄さんのところに相談に行きましょう。

——待って、待ってくれ。兄には、わたしが打診してみるよ。

——そうしていただけると、ありがたいですな。できれば、毎年、五人の受験生を入れてもらいたいんですがね。

——五人なんて、とても無理だ。

——無理かどうかは、わたしが後日お兄さんと交渉しますよ。とりあえず、先生はお兄さんに前振りをしといてください。

——どうなるかわからないが、一応、兄には電話してみよう。

——よろしく。それでは、また連絡します。

音声が途絶《とだ》えた。

(正岡を脅してるのは、岩佐自身のようだな。やっぱり、詐欺師は裏口入学の斡旋を個人的につづける気だったのか。それにしても、ネガの売り値を二億円にするとは、欲の深い野郎だ)

最上は呆《あき》れた。

少しすると、今度は正岡兄弟の遣り取りが流れてきた。

――友章が電話してくるとは珍しいな。おまえは子供のころからライバル意識を燃やして、おれとは微妙な距離をとってきたからな。

――そんなことないって。

――いや、そうだよ。おまえは医大に入れなかったことがコンプレックスになってるんだろうが、浪人して西北大の政経学部に入ったのは正解だったよ。もし医者になってたら、ブラウン管には登場できなかっただろう。新聞社に入って、よかったじゃないか。いまや著名な政治評論家だからな。おれも、なんとなく鼻が高いよ。

――やめてくれよ、兄さん。なんか医者になったことを悔やんでるように聞こえるぜ。

――はっきり言って、後悔してるよ。おれは親父に言われるままに医者になったが、ほんとうは宇宙物理学者になりたかったんだ。

――なればよかったじゃないか。

――おまえは次男坊だから、そんなふうに気楽に言うが、長男のおれは自分のことだけを考えるわけにはいかないんだ。現にあと数年先には金沢に戻って、親父の病院を継がなきゃならない。

——郷里に戻りたくないのかい？

——戻りたくないというよりも、おれの生活の基盤は東京にあるからな。金沢にいたのは十八までで、あとはずっと東京暮らしをしてきた。正直なところ、もう地方には住みたくないね。

——金沢に戻るときは、単身赴任って形になるのかな？

——そうなりそうだな。女房も息子たちも金沢に引っ越すのは厭《いや》がってるんだ。

——ひとりのほうが気軽じゃないか。ついでに、少し羽根を伸ばすといいよ。

——そうするか。ところで、何か相談があったんだろう？

——うん、まあ。しかし、また今度にするよ。

——他人行儀な奴だな。おれは、おまえの兄貴なんだぞ。できるだけの力になってやる。とにかく、言ってみろ。

——ああ。おれの知り合いが息子を東都医大に入れたがってるんだよ。兄さんは教授なんだから、二、三人は入れられるんだろう？

——ある程度の成績を修めてる子じゃないと、引っ張り上げられないな。あとで、おれが恥をかかされるからね。友章、知り合いの倅《せがれ》は出来が悪いのか？

——ああ、多分ね。

——それじゃ、面倒見られないな。悪いが、うまく断ってくれ。

——それが断れない相手なんだ。

——国会議員あたりに相談されたようだな。

——そうじゃないんだ。あまり性質《たち》のよくない相手なんだよ。

——おまえ、裏社会のボスに何か弱みを握られたのか!?

——実はさ、正体不明の男に女性関係の弱みを押さえられてしまったんだ。

——ばかな奴だ。浮気相手は玄人《くろうと》の女なのか?

——それは勘弁してくれないか。とにかく、そんなわけで、裏口入学をさせろって脅されてるんだよ。兄さん、なんとか救《たす》けてもらえないか。

——まずいことになったな。

——どうだろう?

——ひとりぐらいなら、なんとか潜り込ませてやるよ。

——それが先方は五人ぐらい裏口入学させろって言ってきたんだ。

——五人もだって!? そんなにたくさんは合格させられんよ。おい、脅迫者は裏口入学のブローカーなんじゃないのか?

——もしかしたら、そうなのかもしれないな。

——そんな怪しげな奴と関わりを持つのは、御免《ごめん》だね。おれが破滅させられるからな。

——兄さん、そう言わないで何とか力になってくれないか。

——駄目だ。弟の頼みでも、そこまではやれない。友章、おれは何も聞かなかったことにしてくれ。

——そ、そんな!

——弁護士に相談してみろ。スキャンダルが表沙汰になってもいいんだったら、警察に行け。そうだ、そのほうがいいな。

——そんなことをしたら、おれの人生はおしまいだよ。

——甘ったれるな。身から出た錆《さび》じゃないか。

——おれのスキャンダルが明るみになったら、兄さんにも悪い影響が及ぶことに……。

——友章、お、おまえ、おれを脅迫してるのか!?

——そうじゃない、そうじゃないよ。相手の男がそう言ったんだ。

——別におまえは人殺しをしたわけじゃないんだ。兄弟に大きな害が及ぶはずがない。おれはおまえの女性問題が週刊誌に書きたてられても、大きなダメージは受けないさ。とにかく、自分の不始末は自分で片をつけてくれ。それじゃ!

正岡の兄が電話を先に切った。

通話は途切れたが、最上はマイクロ・テープを停めなかった。

少しすると、正岡は愛人の百合香に電話をかけた。早口で犯人側の要求について触《ふ》れ、実兄の協力を得られなかったことも告げた。

——ネガを二億で買い取れだなんて、こっちの足許を見てるのよ。そのうち、今度は三億円出せなんて言ってくるかもしれないわ。

——百合香、どうすればいいと思う？

——ここまで追いつめられたら、反撃に打って出るほかないでしょ？

——しかし、相手はまともな人間じゃないんだ。われわれ二人に何ができる？

——毒は毒を以《もっ》て、制するのよ。

——犯人を殺し屋か誰かに始末させようってことなんだね？

——殺さないまでも、半殺しにしてもらう必要はありそうね。先生も知ってるでしょうけど、昔から芸能界と暴力団は裏でつながってるの。だから、その気になれば、荒っぽいことを引き受けてくれる人間はたやすく見つかると思うわ。だから、先生は二億円用意できたと敵を騙《だま》して、どこかに誘《おび》き出してほしいの。

——そのとき、正体不明の脅迫者をやくざたちに徹底的に痛めつけさせるというんだね？

——ええ、そう。そうすれば、相手はビビるはずよ。多分、謝礼は百万程度で済むんじゃないかしら？

——しかし、今度はやくざに弱みを握られることになる。百万程度で済むどころか、際限なく無心されそうだな。

――それでも、せいぜい一千万か二千万せびられるだけだと思うわ。二億円をまともに払うより、ずっと安上がりよ。

――それはそうだがね。

――先生、わたし、荒っぽい男たちを事務所の社長に探すよう頼んでみるわ。

――そんな借りを作ったら、きみは独立しにくくなるんじゃないのか？

――それがね、なぜだか社長は急に独立の邪魔はしないなんて言い出したの。

――それは、どういうことなんだろう？

――わたしのギャラ収入で長いこと稼がせてもらったんで、そろそろ解放してやってもいいと思ったんじゃないのかな？

――いや、そうじゃないだろう。きっと誰かが森江社長に何らかの圧力をかけて、きみを独立させてやれと言ったにちがいない。

――そうなのかしら？　どちらにしても、わたしには悪い話じゃないわ。

――それはそうだが。

――仕置人たちが見つかったら、すぐ先生に連絡するわ。

百合香が通話を切り上げた。

正岡が受話器をフックに戻す音が小さく響き、マイクロ・テープは沈黙した。最上は録音テープを停止させ、そっと車から出た。もう手がかりは得られないだろう。最上は無駄を承知で、自動録音装置付き受信機を正岡邸の隣家の生垣の中に隠し、すぐさまボルボの中に戻った。

(正岡たち二人が筋者《すじもの》に岩佐を半殺しにさせる前に、詐欺師から銭を毟《むし》り取らないとな)

最上は懐から携帯電話を取り出し、玲奈のポケットフォンを鳴らした。

ややあって、玲奈の寝ぼけ声が最上の耳に届いた。

「こんな早い時間に悪いな。まだベッドの中にいたんだろ?」

「うん、僚さんの夢を見てたの」

「ほんとうに?」

「ええ、もちろん。夢の中で、あなたは賭場で壺《つぼ》を振ってたわ。わたしは赤ん坊をあやしながら、テラ銭の山を眺めてた。わたしたち、結婚して、最上組の復興に力を合わせて頑張ってたの」

「困った夢を見たもんだ。いずれ最上組は解散することになってるんだぜ」

「そのことは、ちゃんと憶《おぼ》えてるわ。でも、わたしの潜在意識の中に最上組を解散させるのは惜《お》しいという思いがあるのかもしれないわね。もしかしたら、時代遅れな博奕打ちにある種のロマンを感じてるのかしらね?」

「もう博徒が喰える時代じゃない。死んだ親父はいつも師走になると、子分たちに配る餅代《もちだい》の工面に頭を抱えてた。テラ銭は年に二千万円そこそこしか入ってなかったんだよ。亀さんたち二十七人の組員は現実には奥さんや恋人に食べさせてもらってる状態なんだ」

「そうなの」

「男稼業とか粋《いき》とか言ってても、女に喰わせてもらってるようじゃ、ちっともカッコよくない。もう時代は変わったんだ。最上組を解散させる潮時《しおどき》なんだよ」

「少しもったいない気もするけど、時代の波には抗《あらが》いようがないわね」

玲奈がしんみりと言った。

「仕方ないさ。それより、きょうも猛烈に忙しいのか?」

「ううん、きょうはそれほど忙しくないわ」

「だったら、おれと一緒に岩佐の自宅に税務調査をしに行ってくれないか。いつものように、おれも査察官に化けるよ」

「岩佐の家に押しかけて、悪質な詐欺師を締め上げる気なのね?」

「ああ。何時ごろだったら、職場から抜けられる?」

「午後三時過ぎだったら、いつでも出られるわ」

「それじゃ、三時ごろ、大手町《おおてまち》の職場に迎えに行くよ」

最上は電話を切ると、ボルボを自宅マンションに向けた。正午まで仮眠をとるつもりだった。

3

広い応接間に通された。

頭上のシャンデリアは豪華だった。国産品ではなさそうだ。岩佐の自宅である。

国税局の査察官になりすました最上は、玲奈と並んで腰かけた。

ソファ・セットも安物ではない。玲奈の正面に、岩佐の妻が坐った。房子《ふさこ》という名で、五十四、五だった。

指輪を三つも光らせている。狸《たぬき》を連想させる顔立ちだった。

「予《あらかじ》めお電話をいただければ、岩佐も外出は控えたと思うんですけどね」

「ご主人の出先は？」

最上は問いかけた。

「わかりません。ちょっと出かけてくると言っただけですので。いつもそうなんですよ」

「岩佐さんは携帯電話をお持ちですよね？　自宅に戻るよう言ってもらえませんか」

「最近、夫は携帯を変えたようなんです。新しいナンバーは、わたくし、知りませんの」

「そうですか」

「奥さん、『東日本医大ゼミナール』と『リフレッシュ・カレッジ』の帳簿を見せてください」

玲奈が口を挟んだ。

「あなた、何を言ってらっしゃるの!? ここは岩佐の自宅ですよ。帳簿が自宅にあるわけないでしょ。それぞれのオフィスに、ちゃんと帳簿はあります」

「わたしは、裏帳簿を見せてほしいと申し上げたんです」

「裏帳簿ですって!? そんなものがあるはずないでしょ。岩佐は経理担当者にきちんと記帳させて、税金も正しく納めてます」

「査察部の調査によると、収入をごまかしている疑いが濃厚なんです」

「そ、そんな……」

「ご主人の指示で経理担当者がわざと入金額を過少申告したんでしょう。ですから、岩佐さんはどこかに裏帳簿を隠してあるはずなんです」

「わたくしは何も知りません」

房子が首を大きく横に振った。

「それじゃ、近々、強制調査をさせてもらいます。そのときは預貯金通帳はもちろん、株券、国債、美術品の提示も求めますよ。それから、自宅内に現金や金塊を秘匿《ひとく》してるかどうかもチェックさせてもらいます」

「そこまでやるの!?」

「ええ、徹底的にやらせてもらいます。脱税は、れっきとした犯罪ですからね」

玲奈がもっともらしく言った。岩佐夫人がうつむいた。疚《やま》しさがあるからだろう。

「ご主人は、医大受験予備校や民間職業訓練所のほかにも、サイド・ビジネスをやってますね。われわれは、この家にイワノフというロシア人貿易商が出入りしてる事実を把握してるんです」

最上は鎌をかけた。

「イワノフさんのビジネス・パートナーは夫ではなく、わたくしなんです」

「あなたがビジネス・パートナーですって?」

「ええ、そうです。わたくし、レオニド・イワノフさんと国際結婚相談所を共同経営してますの。『グローバル』という会社名で、これまでに日本人男性とロシア人女性を七十組近く結婚させました。もちろん、非合法ビジネスではありませんよ。ちゃんとした合法ビジネスです」

「登記簿の写しや関係書類を見せてもらえますか?」

「ええ、いいですよ。いま、持ってまいります」

房子がソファから立ち上がり、応接間から出ていった。

最上はセブンスターをくわえた。煙草に火を点けたとき、玲奈が小声で言った。

「奥さんはダミーっぽいわね」

「おそらく、そうなんだろう。岩佐はレオニド・イワノフとかいうロシア人と組んで、国際結婚詐欺をやってるんじゃないのかな」

「おおかた、そんなことなんでしょうね」

「ああ」

最上は口を結んだ。

一服し終えた直後、岩佐夫人が応接間に戻ってきた。大きな書類袋を抱えていた。彼女は書類袋の中身をコーヒー・テーブルの上に拡げた。

最上は、まず『グローバル』の登記簿の写しに目を通した。

本社の所在地はレオニド・イワノフの自宅になっていた。広尾《ひろお》だ。代表取締役は、岩佐房子と記されている。夫の名は記載されていない。

「『グローバル』を設立したのは、およそ二年前ですの」

「わずか二年で、七十組近いカップルをまとめたのか。凄いもんだな」

「ソ連邦が解体されてから、ロシア経済はボロボロですからね。商才のある起業家は巨万の富を得てますけど、一般庶民の暮らしは厳しいんですよ。だから、経済力のある日本人男性との結婚を望むロシア人女性が多いんです。極東、特にハバロフスク在住の独身女性たちは日本人男性との結婚に憧《あこが》れてますね」

「そうですか」

「国際結婚相談所はたくさんありますけど、中国、韓国、フィリピン、タイ、スリランカといったアジア系の女性を紹介するとこが大半なんです。日本の殿方《とのがた》たちは白人女性が好きだから、おかげさまで繁昌しています。それに、『グローバル』は良心的にやってますんでね」

「会員制になってるんでしょ？」

「ええ、そうです。日本人男性には入会金二十五万、登録費二十五万の計五十万円を入会時に納めていただきます。それから登録女性のプロフィールを見ていただいて、お見合いしたい相手を十五人前後に絞っていただくんです」

「お見合い相手には、男性会員たちのプロフィールが写真付きで送られるわけですね？」

「そうです。相手の方にお見合いに応ずる意思があれば、ハバロフスクのホテルやレストランでロシア美人を紹介するわけです。男性会員は三泊四日で、次々にお気に入りの女性とお見合いするんです」

房子が言って、『グローバル』の宣伝パンフレットを手に取った。

「男性会員の費用はどのくらいかかるんです？」

「航空運賃、ホテル宿泊代、ビザ手数料、お見合い費、通訳費など一切で約二十万円ですね。最初の渡航で交際してみたいというロシア人女性が見つからなくても、二度目の現地訪問ではたいていお相手が決まります。電話や手紙の遣り取りで交際を重ねていただいて、次にロシア人女性を日本に招いてもらうんです。招待費用は渡航費を含めて十万から二十万ぐらいでしょうか。百万円弱で若くて美しいロシア人女性と結婚できるわけですから、男性会員には感謝されています」

「そうですか」

最上は女性会員たちの写真付きプロフィールを捲《めく》った。

登録女性は美人揃いだった。しかも、いずれも高学歴だ。医科大学出身者も何人かいた。

最上は成婚カップルの写真も見た。花婿《はなむこ》は四、五十代が圧倒的に多い。一様《いちよう》に冴《さ》えない感じの男たちだ。どう見ても、似合いのカップルではない。

(この男たちは、巧みに偽装国際結婚に嵌められてしまったんじゃないのか)

最上は胸底で呟き、かたわらの玲奈に目配せした。

玲奈が岩佐夫人に次々に質問を浴びせ、気を逸《そ》らせてくれた。その隙《すき》に最上は、日本人男性と結婚したロシア人女性のプロフィールを幾枚か抜き取った。コーヒー・テーブルの下で素早く小さく折り畳み、上着の袖口《そでぐち》の中に隠した。

「帳簿類はイワノフさんの自宅兼オフィスにありますんで、必要なら、いつでもお見せします」

「わかりました。後日、再度、調査に伺います」

最上は房子に言って、玲奈を目顔で促した。

「今度はご主人が在宅されてるかどうか事前に確認してから、お邪魔しましょう」

玲奈が先に腰を上げた。最上も立ち上がった。

二人は岩佐夫人に見送られ、ポーチを出た。

すると、広い庭に大串の姿があった。巨身の男は庭木の手入れをしていた。

「岩佐の外出先を教えてくれ」

最上は大串に声をかけた。

「知らねえよ、おれは」

「また痛い目に遭いたいらしいな」

「こっちに来るな」

大串が花鋏《はなばさみ》を投げ捨て、家屋の裏手に逃げ込んだ。

「おれの車の中で待っててくれ」

最上は玲奈に言いおき、すぐさま大串を追った。

大串は岩佐邸の勝手口から表に飛び出すと、邸宅街を駆けはじめた。幾度も道を折れた。

最上は、どこまでも追いつづけた。

大串は千メートルほど走ると、建材置き場に逃げ込んだ。古い廃材が堆《うずたか》く積み上げられているだけで、新しい建材は見当たらない。人もいなかった。

三方は高い塀や目隠し用の庭木で塞《ふさ》がれ、逃げ場はない。逃げ場を失った大串は、塀を背負って立ち竦《すく》んだ。

「岩佐は小日向あかりの家にいるのか？」

最上は大串に歩み寄った。

「おれは知らねえと言っただろうが」

「いや、おまえは岩佐の外出先を知ってるはずだ。だから、おれの顔を見て逃げたんだろうが」

「そういうわけじゃねえよ。あんたが東京地検の検事だとわかったから、なんとなく敬遠したくなったんだ」

「ま、いいさ。岩佐は女房をダミーの社長にして、レオニド・イワノフってロシア人と組んで偽装国際結婚でだいぶ儲けてるな？」

「えっ、そうなのかよ!?」

「とぼける気かい？　岩佐は男性会員たちから見合い費用を集めるだけじゃなく、日本に来たがってるロシア美人たちからも謝礼を受け取ってるな。彼女たちは合法的に日本に入国して、新宿や六本木のロシアン・クラブで働くことが目的なんだろ？」

「おれは何も知らねえ」

「そうか、読めたぞ。岩佐は冴えない独身のおっさんたちに謝礼を渡して、ロシア人女性と国際結婚させたんだな。チャイニーズ・マフィアが日本のやくざと共謀して、こっちの男と中国人の女をよく偽装結婚させてる。岩佐は、それのロシア版を思いついたってわけか」

「うざってえ奴だ」

大串が毒づき、廃材の中から埃《ほこり》まみれの角材を抜き取った。二メートルほどの長さだ。

「懲りない男だな」

最上は口の端を歪め、少しずつ間合いを詰めた。

「くたばりやがれ」

大串が角材を薙《な》いだ。風切り音は高かったが、空振りだった。

「しっかりおれを見ろよ」

最上は茶化して、ステップ・インした。

誘いだった。案《あん》の定《じょう》、大串が角材を構え直した。

最上は数歩退《さ》がった。角材が振られた。

今度は胸すれすれのところまで迫った。大串の体勢が崩れた。最上は大きく踏み込んで、大串の腹部に逆拳《ぎゃくけん》をめり込ませた。

大串が呻き、やや腰の位置を下げた。

最上は大串の急所を蹴り上げた。大串が角材を落とし、両手で股間を押さえた。最上は中段回し蹴りを放った。

大串が横に吹っ飛んだ。

そのとき、最上は背後に人の気配を感じた。

小さく首を巡《めぐ》らせると、砂色の髪をした白人の男が立っていた。スラブ系の顔立ちで、三十代の後半に見えた。

体を反転させようとしたとき、最上は背に固い物を押し当てられた。

銃口か。一瞬、全身が強張《こわば》った。

「レオニド・イワノフの仲間だな?」

「おまえ、もう逃げられない。わたし、マカロフPb持ってる。ロシア製のサイレンサー・ピストルね」

白人の男が訛《なま》りのある日本語で言った。

「やっぱり、ロシア人だったか」

「わたし、アメリカ人ね」

「嘘つくな。どう見ても、スラブ系のマスクだ」

「…………」

「極東マフィアらしいな」

最上は言った。後ろの男は何も言わなかった。

大串が起き上がって、砂色の髪の男に話しかけた。

「あんた、岩佐さんの知り合いなんだろ？　あの旦那に頼まれて、おれを救《たす》けに来てくれたんだよな？」

「それ、違う。おまえ、ばかね。ちょっと鈍いよ」

「鈍い？　それ、どういう意味なんでぇ？」

「おまえ、ここで死ぬね」

男は言うなり、大串の顔面に銃弾を見舞った。大串の顔から、鮮血と肉片が飛び散った。

一瞬の出来事だった。発射音は小さかった。

大串は後ろにぶっ倒れた。声ひとつあげなかった。倒れたまま、石のように動かない。すでに絶命しているのだろう。

「岩佐が大串を始末しろって言ったんだな?」

「それ、答えられない質問ね。死にたくなかったら、おまえ、ゆっくりと両膝を地面につく。わかったか?」

「おれをどうする気なんだ?」

「早く言われた通りにする。いいか?」

「くそっ」

最上は片膝を落とすと、ロシア人と思われる男の腰に組みつく気になった。しかし、タックルする前に相手は抜け目なく跳《と》びのいた。

最上は前のめりに倒れる恰好になった。

すかさず前蹴りを見舞われた。躱《かわ》す余裕はなかった。

最上は胸を蹴り上げられ、横倒れに転がった。

砂色の髪をした白人男が屈み込み、消音器の先端を最上の頬に押し当てた。

「おれも撃ち殺す気なのか?」

「それ、やらない。おまえは別のやり方で片づけるね」

「別のやり方だって?」

最上は問い返した。

相手は薄く笑っただけで、何も言わなかった。数秒後、最上は首の後ろに尖鋭《せんえい》な痛みを覚えた。

最上は首に手をやった。指先に注射針が触れた。引き抜こうと試みたが、結果は虚《むな》しかった。

白人男がそう言い、注射針を乱暴に引き抜いた。注射器の中は空になっていた。

「おまえ、眠くなるね」

「麻酔注射をうったんだなっ」

「そうね」

「岩佐は、おれを生捕《いけど》りにしろと言ったようだな」

「わたし、何も喋らない」

「おまえらの思い通りにはさせないぞ」

最上は肘を使って、身を起こそうとした。

しかし、手脚に力が入らない。体は十センチほどしか浮かなかった。

じきに体が痺《しび》れはじめた。目も霞《かす》んできた。

（玲奈は無事なんだろうか。おれと同じ目に遭ってなければいいが……）

最上は薄れる意識の中で、そう思った。

砂色の髪の男の体が陽炎《かげろう》のように揺らめきはじめた。ほどなく最上の意識は、急速に混濁した。

それから、どれほどの時間が経過したのだろうか。

最上は足許から伝わってくる震動で、我に返った。シート・ベルトも掛けられている。

坂道を下っているワンボックス・カーの運転席に坐らされていた。

助手席に目をやると、玲奈がぐったりとしていた。まだ麻酔から醒《さ》めていない様子だ。

最上は恋人の名を大声で呼びながら、ヘッドライトを点けた。

ワンボックス・カーは宅地造成地の坂道を走っていた。まだ家は一軒も建っていない。造成地の周囲は雑木林で、あたりは漆黒《しっこく》の闇だった。

アクセルには瓦《かわら》のような物が載《の》っていた。

それを足で払いのけ、最上はフット・ブレーキを踏んだ。しかし、スピードはいっこうに落ちない。

床いっぱいまでフット・ブレーキを踏み込む。すかすかで、まるで抵抗がなかった。

(ブレーキ・オイルを抜かれてるな)

最上は戦慄を覚えながら、セレクト・レバーをD《ドライブ》からR《リヴァース》に移した。それでも、ほとんど速度は変わらなかった。

勾配《こうばい》の急な坂道だった。

悪いことに、坂の下は丁字路になっていた。ワンボックス・カーをなんとか停めなければ、高台になっている宅地の石垣に激突することになる。

「玲奈、目を開けてくれ。早く起きてくれーっ」

最上は大声で言いながら、ハンド・ブレーキを徐々に引きはじめた。

一気に引っ張ったら、ワイヤーが切れてしまうかもしれない。最上は慎重にハンド・ブレーキを引きながら、タイヤを縁石に擦《こす》りつけはじめた。

ほんの少しだけ速度が落ちた。しかし、坂の下まで五十メートルそこそこしかない。

最上はハンドルを大胆に左に切り、わざと車体をガード・レールに接触させた。車体が擦られ、不快な音をたてた。

スピードが殺《そ》がれた。

最上は急いでハンド・ブレーキを引き、エンジンを切った。ワンボックス・カーは惰性《だせい》で数十メートル走ったが、急に停まった。

ちょうどそのとき、玲奈が意識を取り戻した。

「僚さんも麻酔注射をうたれたのね？」

「ああ。岩佐の自宅から千メートルぐらい離れた建材置き場に大男を追いつめたんだが、サイレンサー・ピストルを握ったロシア人らしい男が現われて……」

最上は経過をかいつまんで話した。

「わたしもボルボに向かう途中、スラブ系の栗毛の男にいきなり組みつかれて、首筋に注射針を突き立てられたの。そして、その場で意識がなくなってしまったようね。大串という男を射殺したのは、極東マフィアの一員なんじゃない？」

「そうなんだろう。二人の白人男は岩佐に頼まれて、おれたちを始末する気だったにちがいない。おおかた、この車はどこかでかっぱらったもんだろう。わざわざ足のつくようなことはやらないはずだからな」

「ええ、盗難車なんだと思うわ」

「とにかく、車から出よう」

二人は相前後してワンボックス・カーから出た。

そのすぐあと、闇から銃弾が疾駆《しっく》してきた。

銃声は聞こえなかった。砂色の髪をした男が近くに潜《ひそ》んでいるようだ。

「逃げよう」

最上は玲奈の手を取り、中腰で走りはじめた。

少しすると、斜め後ろから二発目が飛んできた。銃弾は二人の数メートル後ろのアスファルトを穿《うが》った。

最上は駆けながら、振り返った。造成済みの宅地に大串を撃ち殺したスラブ系の男が立っていた。

最上たちは造成地を走り抜けると、雑木林の中に走り入った。

林伝いに造成地から遠ざかり、民家のある方向に走った。刺客《しかく》は二人を見失ったのか、足音は近づいてこなかった。

やがて、最上たちは小さな集落にたどり着いた。住居表示板を見ると、神奈川県の津久井《つくい》町だった。

少し歩くと、コンビニエンス・ストアの灯りが見えてきた。まだ午後十時過ぎだった。

「コンビニで、無線タクシーを呼ぼう。ボルボを取りに行くついでに、岩佐が自宅にいるかどうかチェックしてみるよ」

「多分、今夜は自宅には戻らないんじゃないかしら？」

「そうかもしれないな」

「僚さん、ボルボにはすぐ乗り込まないほうがいいわよ。もしかしたら、敵が何か細工したかもしれないでしょ？」

「そのへんは心得てるさ。それより、玲奈に怖《こわ》い思いをさせちまったな。まさかこんなことになるとは想像もしてなかったんだ。勘弁してくれな」

「わたしが恐怖感を味わったのは、麻酔注射をうたれたときだけよ。そのあとは眠ってたんだから、あまり気にしないで」

玲奈がそう言い、腕を絡《から》めてきた。

最上はほほえみ返した。

4

朝刊を読み終えた。

きのう建材置き場で射殺された大串の事件記事は、わずか九行だった。いかにも第一報という扱いである。

最上は新聞を折り畳み、セブンスターに火を点けた。JR飯田橋駅のそばにある喫茶店だ。

あと数分で、午後三時になる。

最上は私立探偵の泊栄次を待っていた。けさ起きたとき、彼は泊に岩佐の居所を突きとめさせる気になったのである。

前夜、津久井町から岩佐の自宅前に戻ったとき、最上は一応、インターフォンを鳴らしてみた。しかし、岩佐は外出先から戻っていなかった。

最上はけさ早く小日向あかりの家に行ってみた。だが、愛人宅にも岩佐はいなかった。

(奴は偽名でホテルに泊まったのかもしれないな。それとも、レオニド・イワノフというロシア人に匿《かくま》ってもらってるんだろうか)

最上は煙草の灰を指先ではたき落とした。

ちょうどそのとき、猫背の五十男が店に入ってきた。泊だ。

最上は片手を挙げた。泊が向かいの席に坐るなり、おもねるような笑みを浮かべた。

「また旦那のお手伝いさせてもらえるなんて、実に光栄だな」

「調子がいいな」

「えへへ」

「おれを裏切るようなことをしたら、今度こそ刑務所に送り込んでやるからな」

「わかってますって。で、どんな調査をやればいいんです？」

「この男の居所を突きとめてもらいたいんだ」

最上は喫いさしのセブンスターの火を消し、上着のポケットから岩佐諭の電送写真のコピーを取り出した。

そのとき、ウェイトレスがテーブルに近づいてきた。泊はレモン・ティーを注文した。

ウェイトレスが遠ざかった。

最上は、岩佐に関する情報を泊に伝えた。泊は必要なことを手帳に書き留めた。

「隠れる場所は多そうだから、少し苦労するかもしれないぜ」

「対象が詐欺師なら、裏社会から情報が入ってくるでしょう。だから、それほど時間はかからないと思います」

「大きく出たな」

「調査のプロですんでね、一応。それで、旦那、謝礼はどのくらいいただけるんです？」

「経費込みで三十万でどうだい？」

「もう少し色をつけてほしいな」

「妙な駆け引きするつもりなら、別の探偵を雇おう」

「そんな殺生《せっしょう》な！　三十万で手を打ちましょう。その代わり、半金は先払いでお願いしたいんです。とても経費を立て替える余裕がないんですよ」

「いいだろう」

最上は懐から札入れを取り出し、十五枚の一万円札を引き抜いた。泊が札束を押しいただき、上着のポケットに突っ込んだ。

レモン・ティーが運ばれてきた。会話が中断した。

ウェイトレスが下がると、泊が前屈みになった。

「旦那、岩佐って奴から五億ぐらい脅し取るつもりなんでしょ？　わたし、旦那に全面的に協力しますから、ちょっぴりお裾分《すそわ》けをいただけませんかね？」

「あんた、何か勘違いしてるな。おれは悪党狩りを愉《たの》しんでるだけで、強請《ゆすり》なんかやってない」

「それはないでしょ。現にわたしは、旦那が口留め料をせしめてるのを知ってんですぜ」

「何か証拠があるのか？」

「証拠って、旦那……」

「おれに何か罪をおっ被《かぶ》せる気なら、あんたを服役させることになるぜ。こっちは、あんたを刑務所に送る証拠を押さえてあるんだ」

「わかりました。お裾分けにあずかることは諦《あきら》めますよ」

「だいぶ物分かりがよくなったんじゃないか。それじゃ、連絡を待ってるぞ」

最上は卓上の伝票を抓《つま》み上げ、レジに向かった。

支払いを済ませると、喫茶店の斜め前に駐めてあるボルボに乗り込んだ。イグニッション・キーを捻《ひね》ったとき、検察事務官の菅沼から電話がかかってきた。

「けさ頼まれた件ですが、桜田門から情報を入手しました」

「ご苦労さん。で、レオニド・イワノフのことはどの程度わかったんだい？」

「イワノフはちょうど四十歳で、ハバロフスクで生まれ育ってます。二十代の後半まではサハリン島の刑務所で刑務官をやってたんですが、その後は極東地方で幅を利かせてる『ドゥルジバ』という犯罪組織の関連会社で働いてたようです」

「ドゥルジバというのは？」

「友情という意味のロシア語だそうです。イワノフは三十代の半ばに、日本製の中古車の輸入や蟹《かに》の輸出を手がける会社を興《おこ》して、岩佐房子と『グローバル』を共同経営するようになりました」

「イワノフは『ドゥルジバ』とは縁が切れてるんだろうか」

「そのあたりがはっきりしないんですよ。おそらく、まだ組織のメンバーなんでしょう。そう簡単に足を洗うことはできないでしょうからね」

「そうだな。イワノフは広尾の自宅で独り暮らしをしてるのか?」

最上は訊いた。

「ええ、そのようです。しかし、外事課の内偵によると、イワノフ宅に大勢のロシア人男女が出入りしてるというんですよ。イワノフは、日本にいるロシア人たちの世話人みたいなことをやってるんですかね?」

「世話人というよりも、密入国の手助けをやってるんじゃないのかな」

「最上検事、それ、考えられそうですね。極東マフィアと関わりのある男がまっとうな貿易をしてるとは思えませんから」

「そうだな。ロシアのマフィアたちは石油や金属を不正に国外に流したり、兵器、麻薬、核物質と金になるものは何でも売り捌《さば》いてる。当然、密航ビジネスもやってるはずだ」

「そうでしょうね。ソ連邦が解体されると、ロシアの腐敗した政治家、官僚、公務員、軍人なんかが組織犯罪グループとつるんで、自由市場経済移行期に暴利を貪《むさぼ》ってきましたからね」

「ロシア検察庁の報告によると、国内で甘い水を飲めなくなったギャングどもが競《きそ》い合うようにアメリカやヨーロッパ各地に進出してるそうだ。連中が日本に拠点をこしらえても、少しも不思議じゃない」

「ええ、そうですね。それから、砂色の髪の毛のロシア人のことは、残念ながら、何も情報を得られませんでした」

「そう。日本人の中年男性と国際結婚したロシア娘たちに関する情報は？」

「ナターシャとソーニャは結婚相手と数日だけ同居したあと、行方がわからなくなっています。最上検事がおっしゃってたように、偽装国際結婚臭いですね」

「菅沼君、日本人の亭主には会えたのか？」

「ナターシャの夫のトラック運転手には会ってきました。その男は『グローバル』にまんまと騙《だま》されたんじゃないかとぶつぶつ言ってましたよ」

「それじゃ、そのトラック運転手は戸籍の汚し代を受け取って、ナターシャと結婚したわけじゃないんだな」

「嘘をついてるようには見えませんでしたから、詐欺に引っかかったんだと思います。しかし、ほかの会員の中には『グローバル』から謝礼を貰って、ロシア人女性と結婚した男もいるんじゃないのかな」

「多分、いるんだろう」

「最上検事、岩佐はロシア・マフィアの日本進出の手助けをしてるんでしょうか？」

「その可能性はありそうだな。詐欺よりも密航ビジネスのほうが手っ取り早く儲かるからね。岩佐はかなり欲が深いようだから、麻薬や銃器の密売も手がける気でいるのかもしれない」

「ええ、そうですね。これはロシア関係の書物で得た知識なんですが、旧ソ連の国々は麻薬の原料国らしいんですよ。ロシアだけでも百万ヘクタールの土地に野生の大麻が生えてるそうですし、中央アジアとカフカス南部には広大なケシの生育地があるというんです」

菅沼が言った。

「ロシアの麻薬ビジネスは急成長してるらしいぜ。ロシア・マフィアは旧ソ連に組み込まれてたカザフ共和国、キルギス共和国、アゼルバイジャン共和国からケシや大麻樹脂を大量に買い付け、国際的な麻薬シンジケートに売ってるという話だ。イタリアやコロンビアの麻薬エージェントが盛んにロシアを訪ねてるらしいよ」

「ロシア国内でも成金、ロック・ミュージシャン、スポーツ選手、政治家たちがドラッグに溺《おぼ》れてるみたいですね」

「そうだろうな。兵器や銃器は腐るほど余ってるようだから、そっちでも充分に儲けられる。密漁した水産物だって、日本の闇ブローカーたちには大歓迎されるはずだ」

「ええ、そうですね。不況が長引いてますが、平均月収数万円のロシア人から見れば、日本はいまも〝経済大国〟です。日本に密入国して、売春で大きく稼ぎたいと思ってるロシア娘は少なくないと思います」

「だろうな。岩佐はイワノフと組んで、あらゆる非合法ビジネスをする気なのかもしれない」

「死んだ叔父に代わって、岩佐をぶっ殺してやりたい気分です」

「気持ちはわかるが、菅沼君、早まったことはするなよ」

「ええ、わかってます。それにしても、岩佐は強欲だな。政治評論家の正岡から一億もの口留め料を脅し取ろうとしてるんでしょ?」

「回収した電話録音テープで、ネガの売り値を二億に変えたことがわかったんだ」

「二億ですか!?」

「その上、正岡の実兄の脳外科医に五人の裏口入学をさせようとしている」

「どこまで汚い奴なんだっ。赦《ゆる》せないいな」

「おれが岩佐を裁くよ。菅沼君、そのうち何か奢《おご》るからな。とりあえず、ありがとう!」

最上は携帯電話の終了キーを押すと、ボルボを発進させた。

広尾二丁目にあるイワノフの自宅を探し当てたのは、四時半ごろだった。古びた洋館で、白い塀には蔦《つた》が這っていた。

最上は洋館の斜め前にボルボを停めた。

携帯電話を使って、代貸の亀岡に連絡をとる。

「亀さん、時間の都合がついたら、小日向あかりの自宅に行ってもらえないか」

「ようござんすよ。岩佐が愛人《レコ》んとこに顔を出すかもしれねえんですね?」

「ああ、ひょっとしたらね」

「これから、すぐ小日向あかりんとこに行きまさあ。もし岩佐が現われたら、取っ捕まえておきやしょうか?」

「いや、その必要はないよ。おれに連絡してくれればいい」

「わかりやした」

亀岡が電話を切った。

最上はイワノフの自宅に目を注いだ。門扉《もんぴ》に遮《さえぎ》られ、敷地内の様子はうかがえない。イワノフが在宅しているかどうかもわからなかった。むろん、岩佐が匿《かくま》ってもらっているという裏付けもない。しかし、とりあえず張り込んでみるより手がなかった。

ぼんやりとラジオを聴いていると、スラブ系の顔立ちの二人の女がイワノフ邸の前で足を止めた。ともに二十代の半ばで、肉感的な肢体だった。ミニ・スカートから覗く太腿がセクシーだ。

赤毛の女がインターフォンを鳴らした。

最上は急いでパワー・ウインドーを下げた。待つほどもなく、スピーカーから男の声が流れてきた。ロシア語だった。

赤毛の女は何かロシア語で話しかけた。

短い遣り取りが交わされ、二人の訪問者は邸内に吸い込まれた。

インターフォンの受話器を取ったのは、レオニド・イワノフだったのか。二人のロシア女性に見覚えはなかったが、『グローバル』の世話で日本人男性と結婚した者たちなのかもしれない。

(イワノフの家に押し入って、二人の女を弾除《たまよ》けにするか)

最上は一瞬、そう思った。

しかし、イワノフ邸には極東マフィアたちが大勢いるかもしれない。焦りは禁物だ。

最上はラジオの選局ボタンを幾度か押した。射殺された大串に関するニュースを聴きたくなったからだ。

ニュースを報じている局があった。

アフガン関係のニュースが終わると、女性アナウンサーの声に微妙な変化が生まれた。

「ただいま、速報が入りました。きょうの午後四時二十五分ごろ、福井勇《ふくいいさむ》官房長官が首相官邸の玄関前で何者かに爆殺されました。六十三歳でした。犯人はリモコン操作で動くヘリコプターに爆破装置を仕掛け、福井官房長官に激突させた模様です。激突時にラジコン・ヘリは爆発炎上し、福井官房長官は即死状態でした。なお、近くに居合わせた二人のSPも大火傷《おおやけど》を負いました。事件の起こる数十分前に不審な白人男性が官邸内の様子をうかがっていたという目撃情報が警察に寄せられています。そのほか詳しいことはわかっていません」

アナウンサーは速報を二度繰り返し、府中《ふちゆう》市内で発生した傷害致死事件を報じはじめた。そのあとは、火災のニュースだった。

ついに肝心の大串の事件の続報は流されなかった。被害者が元やくざということで、捜査当局は手を抜いているのか。あるいは岩佐が誰か大物に頼んで、マスコミを抑《おさ》えさせたのだろうか。

最上はラジオのスイッチを切った。

そのとき、なぜだか急に首相官邸をうかがっていたという白人男性のことが気になりはじめた。ロシアの最大犯罪組織は旧KGBエージェントや特殊部隊員たちを金で抱き込み、新興資本家、銀行経営者、対立組織のボスなどを殺害させているらしい。闇の殺人請負会社も実在するようだ。

そうした会社は、外国の要人暗殺まで請け負っているという。『ドゥルジバ』が最大組織に倣《なら》って、外国の要人暗殺まで非合法ビジネスに加えたのか。

殺された官房長官は二代目国会議員で、毒舌家だった。報道関係者や閣僚たちも平気でこき下ろす。

泉田《いずみだ》首相は、福井の言動に手を焼いていた。このままではチーム・ワークが乱れる。そこで、首相が極東マフィアに暗殺させたのか。

最上はセブンスターをくわえた。

半分ほど喫ったとき、携帯電話が着信音を発しはじめた。最上はポケットフォンを耳に当てた。

「わたしよ」

玲奈だった。

「きのうは、とんだ厄日《やくび》だったな。ちゃんと眠れたかい？」

「ええ、大丈夫よ。いま、『グローバル』の決算書の写しを見てたんだけど、収支におかしな点は見られないわね。もっとも裏帳簿がある疑いが消えたわけじゃないけど」

「表向きは、まともな結婚相談所に見せかけてるが、『グローバル』は国際結婚の斡旋を隠れ蓑《みの》にして、密航ビジネスをやってるにちがいない。岩佐の家でこっそり抜き取った女性会員のプロフィールを菅沼君に渡して、ナターシャとソーニャのその後をちょっと調べてもらったんだ」

　最上は、菅沼から聞いた話をそのまま伝えた。

「二人とも結婚相手と暮らしてないというんなら、きっと僚さんの言った通りよ。岩佐は詐欺に見切りをつけて、ロシア・マフィアと手を組んで非合法ビジネスでボロ儲けする気なのね」

「そいつは、ほぼ間違いなさそうだ。それでいながら、岩佐は正岡から二億円を脅し取り、東都医大に裏口入学の〝窓口〟を作る気でいる」

「お金の亡者《もうじゃ》ね」

「そうだな。しかし、岩佐の思い通りに事が運ぶかどうか。花水百合香は追いつめられたんで、暴力団関係者に岩佐を始末させる気になってるからな」

「その話を聞かされたとき、人気女優は度胸が据《す》わってるなと驚いちゃった」

「芸能界は生き馬の目を抜くようなとこなんだろうから、自然に花水百合香も逞《たくま》しくなったんだろう」

「そうなんでしょうね。僚さん、いまはイワノフの自宅を張り込んでるの？」

　玲奈が問いかけてきた。

　最上は経緯《いきさつ》を語り、通話を切り上げた。すると、今度は泊から電話がかかってきた。

「旦那、岩佐の居所がわかりましたぜ」

「どこに隠れてるんだ?」

「伊豆高原の別荘ですよ。情報屋に何人か声をかけたら、隠れ家《が》がわかったんです」

「偽情報《ガセネタ》を喰わされたんじゃないだろうな」

「そんなことはありませんよ。彼らは軍事衛星並に細かい情報まで吸い上げてるんです。横の連絡は密なんですよ」

「別荘のある場所を詳しく教えてくれ」

最上は携帯電話を耳に当てたまま、上着の内ポケットから手帳を取り出した。

第四章　相次ぐ要人暗殺

1

国道一三五号線は空いていた。めったに対向車とも擦《す》れ違わない。左手に相模《さがみ》湾が黒々と横たわっている。

最上は、さらに加速した。

ほんの数分前に伊東《いとう》港を通過したところだ。東京を発《た》って、およそ二時間が過ぎていた。

泊の情報が正しければ、岩佐の別荘は大室山の裾野に建っているはずだ。

最上はボルボを道なりに走らせつづけた。川奈《かわな》、富戸《ふと》と進み、城ケ崎海岸の少し手前で右に折れる。そのあたり一帯が伊豆高原だ。

大室山に向かって、県道を数千メートル走った。

最上はステアリングを操《あやつ》りながら、何気なく左手前方の林道の出入口に目を向けた。ちょうどそのとき、林道の奥からプラチナ・ブロンドの外国人女性が走り出てきた。

着衣が乱れ、靴も履《は》いていない。ブラウスの胸許は大きくはだけている。

最上は見過ごせなかった。林道の出入口にボルボを寄せ、パワー・ウインドーを下げた。

「どうされたんです？」

最上は英語で問いかけた。

すると、プラチナ・ブロンドの女はボルボに走り寄ってきた。二十代の前半だろう。瞳はヘイゼル・ナッツに似た色だった。

「わたしを救《たす》けて！」

女が日本語で哀願した。

「何があったんです？」

「わたし、夜の散歩中に変な男に急に抱きつかれて、林の中に連れ込まれました」

「レイプされそうになったんだね？」

「はい、そうです。わたし、相手がベルトを外してる隙《すき》に逃げてきたんです」

「襲いかかってきた男は、まだ林道の奥にいるんだね？」

「ええ、多分」

「そいつを取っ捕まえてやろう。早く車に乗るんだ」

最上は助手席のドアを押し開けた。女が襟元を手で押さえながら、ボルボに乗り込んできた。

胸ボタンが幾つか消えていた。犯されかけたときに弾《はじ》け飛んでしまったのだろう。

最上はステアリングを大きく切り、車を林道に乗り入れた。

暗かった。奥には別荘が点在しているようだ。

「きみは、この近くに住んでるの？」

「いいえ。お友達の山荘に遊びに来てるんです」

「そう。アメリカ人じゃなさそうだね？」

「わたしはルーマニア人です。ニーナといいます」

「ニーナか。ロシア人っぽい名前だな」

「ええ、そうね。でも、わたしの両親はルーマニア人です」

「そう。それはそうと、きみを辱《はずか》しめようとしたのはどんな奴だったんだい？」

最上は訊いた。

「辱しめる？　その日本語、わかりません。教えてください」

「レイプのことだよ」

「ああ、わかりました。日本人の男でした。そう若くなかったですね。三十代か、四十代だと思います」

「容貌は？」

「強い印象はありませんでした。でも、無精髭を生やしてました。無理矢理にキスされたとき、痛かったんで……」

「服装は?」

「黒っぽいセーターを着てたと思います。下はグレイっぽいスラックスでした」

「そいつを見れば、すぐにわかるね?」

「ええ、わかります」

ニーナと名乗った白人女性がそう言い、左右の林に目をやった。最上はライトをハイ・ビームに切り替えた。

林道の奥まで明るんだ。

人影は見えない。最上は左右の暗がりを透《す》かして見た。やはり、誰もいない。

「連れ込まれたのは、もっと先かい?」

「はい。もう少し奥の左側の林の中です」

ニーナが答えた。

最上はボルボを前進させた。

「この奥です」

ニーナが左手の奥を指さした。最上は車を停めた。

「きみは車の中にいたほうがいいな」

「いいえ、わたしも行きます。あなたがそばにいてくれれば、ちっとも怕《こわ》くありません」

「しかし、暗いぞ。それにレイピストは刃物を持ってるかもしれない」

「あなたが一緒なら、安心です。わたしも行きます。レイプは卑劣です。わたし、そのことを男に言ってやりたいんです」

「わかった。それじゃ、一緒に行こう」

「はい」

ニーナが快活に答え、先に助手席から離れた。最上も車を降りた。

二人は林の中に足を踏み入れた。地表は羊歯《しだ》や苔《こけ》に覆われていた。

「このあたりから引きずり込まれて、奥で押し倒されたんです」

ニーナがそう言い、先に進んだ。最上は歩きながら、足許の羊歯や灌木《かんぼく》に視線を落とした。だが、人間に踏み荒された痕跡は見られなかった。

（ニーナの言ったことは事実なんだろうか）

最上はかすかな疑いを懐《いだ》きながら、ニーナのあとに従った。

ニーナは足早に歩き、奥まった場所で立ち止まった。

「わたし、ここで押し倒されて、キスされたんです。それから、服も脱がされそうになりました」

「そう」

最上はライターの炎で、足許を照らした。

下生《したば》えは倒れていない。そのことを言うと、ニーナは慌《あわ》てて歩きだした。

「ごめんなさい。わたし、勘違いしてました。もう少し先だと思います」

「そうか」

最上は罠の気配を嗅ぎ取った。しかし、別に怯《ひる》まなかった。むしろ、わざと罠に嵌《は》まって、敵に接近したい気持ちだった。

「この近くにレイピストが隠れてるかもしれないわ」

ニーナは言うなり、小走りに走りだした。最上は大股でニーナを追った。ニーナは数十メートル先で、太い樹木の陰に入った。

最上は警戒しながら、ニーナに近づいた。不審な人影はどこにも見当たらない。

突然、ニーナが樹幹の向こうから姿を見せた。なんと素っ裸だった。夜目《よめ》にも、白い裸身はくっきりと見えた。

「どういうことなんだ!?」

「わたし、あなたに嘘つきました。ごめんなさい。レイプされそうになったというのは、作り話だったんです」

「なぜ、そんな嘘をついたんだ?」

最上は問いかけた。

「わたし、一度でいいから、日本の男性とセックスしたいんです。だけど、そういうチャンスはありませんでした。だから、こんな形で通りかかったあなたを誘ってしまったの」

「話が唐突だな。何を企んでるんだ？」

「わたし、あなたとセックスしてみたいだけです。この体を見ても、何も感じないの？」

「そりゃ、感じるさ」

「それだったら、わたしを抱いてください」

「急にそう言われてもな」

「わたしがその気にさせてあげるわ」

ニーナが近寄ってきて、最上の前にひざまずいた。

（少し色仕掛けに引っかかった振りをして、敵の出方を待つか）

最上は無言でスラックスのジッパーを引き下げた。

ニーナがせっかちにトランクスからペニスを摑み出した。まだ欲望はめざめていない。

最上は周《まわ》りに視線を投げた。

まだ魔手は迫ってこない。ニーナがしなやかな指で、亀頭をまさぐりはじめた。揉み込むような愛撫だった。

少しすると、最上の分身は力を漲《みなぎ》らせた。

ニーナが浅く最上をくわえた。張り出した部分を舌の先でぐるりと舐《な》め回した。最上は一段と昂《たか》まった。

ニーナが舌技に熱を込めた。舌を使いながら、ペニスの根元を断続的に握り込んだ。

最上は頃合を計って、両手でニーナの頭を抱え込んだ。

「きみはルーマニア人じゃないな」

「…………」

ニーナの動きが止まった。こわごわ彼女は、閉じていた瞼を開けた。

「ロシア人なんだろ？」

最上は訊いた。ニーナが陰茎を口に含んだまま、首を横に振った。

「レオニド・イワノフに命じられて、おれに罠を仕掛けたんじゃないのかっ」

「…………」

「岩佐に命令されたのか？」

最上は畳みかけた。ニーナは返事の代わりに、オーラル・プレイに情熱を傾けた。

（いまに白状したくなるさ）

最上はワイルドに突きはじめた。

ニーナが頭を反《そ》らせ、逃げようとした。最上は暴力的な抽送《ちゆうそう》をつづけた。強烈なイラマチオを受け、ニーナは幾度も喉を詰まらせた。いかにも苦しそうだった。

最上はがむしゃらに突きまくった。

意思とは裏腹に欲情が膨《ふく》れ上がった。ほどなく不意に終わりが訪れた。

ニーナが驚き、分身に歯を立てた。

最上はニーナの頭頂部に手刀を落とした。ニーナが呻き、口を開けた。最上は力を失いはじめている性器を引き抜き、そのままトランクスの中に戻した。

スラックスの前を整えたとき、ニーナが最上の精液を羊歯《しだ》の上に吐き出した。

最上はしゃがみ込み、ニーナの豊満な乳房を鷲摑《わしづか》みにした。

「誰に頼まれたんだ？」

「わたし、日本人男性とセックスしてみたかっただけ」

ニーナが言った。

最上は指先に力を入れ、隆起全体を捩《ね》じ切るように捻《ひね》った。女の乳房は急所である。

ニーナが悲鳴をあげた。だが、何も喋ろうとしない。

最上はニーナの後ろに回り込み、利き腕を肩の近くまで捻り上げた。

ニーナが痛みを訴えた。それを無視して、最上はニーナを立たせた。

そのすぐあと、前と後ろで足音が響いた。

最上は素早く敵の数を目で確認した。二人だった。どちらもスラブ系の面立《おもだ》ちで、サイレンサド・ピストルを握っていた。二人とも年齢は判然としない。

最上は樫《かし》の巨木まで退《さ》がり、ニーナを楯《たて》にした。ニーナが男たちにロシア語で喚《わめ》いた。

「やっぱり、ロシア人だったな。仲間になんて言ったんだ？」

「………」

「言うんだっ」

「あなたを早く撃ってって言ったのよ」

「二人の男は極東マフィアの『ドゥルジバ』のメンバーだな？」

最上は訊いた。ニーナが無視して、男たちにロシア語で何か言った。

すると、前から歩いてきた短髪の男が最上に日本語で命じた。

「殺されたくなかったら、おまえ、女を放せ！」

「撃ちたきゃ、撃てよ」

「女を放したら、命は助けてやる」

「その手に乗るか。イワノフは、おれを射殺しろって言ったんだろうが」

「イワノフなんて男は知らない」

「空とぼけやがって。おれを岩佐の別荘に連れ込めって命令されたのかっ」

最上は二人の男を交互に睨んだ。

さきほど背後から迫った小太りの男が、焦《じ》れた口調で相棒に母国語で何か言った。彼は派手なプリント柄のシャツの上に、黒革《くろかわ》のジャケットを重ねていた。ゴールドの首飾りが覗いている。

短髪の男が仲間に何か言い諭《さと》した。小太りの男は何か言い返し、マカロフPbを前方に突き出した。

ニーナが首を横に振りながら、何か高く叫んだ。

小太りの男はニーナを黙殺し、サイレンサー・ピストルの引き金を絞った。

放たれた銃弾は最上の頭髪を掠め、樫の幹に埋まった。飛び散った樹皮のかけらの一つが最上の首に当たった。

ニーナが小太りの男に何か罵声《ばせい》を浴びせた。

小太りの男が勢いよく走り寄ってきて、消音器の先端を最上の耳の真上に押し当てた。動作は速かった。

「手を放してよ！」

ニーナが最上に言った。

最上は素直にニーナを解き放った。ニーナは服を脱いだ場所に足を向けた。髪を短く刈り込んだ男が、仲間にロシア語で何か言った。

革ジャケットを着た小太りの男がうなずき、ニーナのあとを追いかけた。そのままニーナと小太りの男は戻ってこなかった。

「手の込んだことをやるじゃないか。砂色の髪をしたロシア人の男は、岩佐の別荘にいるのか？」

最上は短髪の男に体を向けた。短髪の男がマカロフＰｂを構えながら、一歩ずつ近づいてきた。

「おまえ、両手を頭の上で重ねる」

「わかったよ」

「それから、ゆっくりと膝を落とすんだ」

「いいだろう」

最上は言われた通りにした。短髪の男が消音器の先を最上の額に突きつけた。

「おまえ、さっきオリガにしゃぶらせたな。あの女、舌の使い方、上手だったろ？」

「オリガというのは、ニーナの本名なんだな？」

「そうだ」

「ついでに、あんたの名前も教えてもらおうか」

「ああ、教えてやる。わたし、セルゲイね。セルゲイ・グールトボイという名前。仲間の男はウラジミールね」

「あんたたちはイワノフの子分だな？」

「それ、教えられない。それより、おまえ、女一本槍なのか？」

「ホモっ気はないよ」

「たいていの男がそう言うね。この世には、男と女の両方がいる。どちらとも愉《たの》しんだほうが得ね」

「どうやら両刀遣いらしいな、あんたは」

「その通りね。おまえにわたしのピストルをくわえさせてあげる」

セルゲイ・グールトボイと名乗った男が左手で器用にペニスを引っ張り出した。それは、すでに半《なか》ば猛《たけ》っていた。巨根だった。

「おれはノーマルなんだ。たとえ殺されたって、あんたのマラをしゃぶったりしない」

「しゃぶったら、おまえを逃がしてやってもいい。岩佐さんには始末したと言っといてやるよ」

「岩佐に雇われたのか」

「わたし、つい口を滑らせてしまったね。でも、おまえのようなタイプは嫌いじゃない。こいつをたっぷりしゃぶってくれたら、ほんとうに逃がしてやる」

「それ、嘘じゃないな?」

最上は確かめた。といっても、威《おど》しに屈したわけではない。相手を油断させる気になったのだ。

セルゲイが無言でうなずき、股間を最上の眼前に近づけた。最上はペニスに顔を寄せる真似をし、すぐにセルゲイの両脚を掬《すく》い上げた。

セルゲイが尻から地べたに落ちた。

弾みで、一発暴発した。最上は被弾しなかった。発射音は、きわめて小さかった。空気が洩れるような音だった。

最上はセルゲイにのしかかり、マカロフPbを奪い取った。すぐにサイレンサーの先端をセルゲイの心臓部に押し当てた。

「おまえ、拳銃使ったことあるのか!?」

「何度も実射してるよ。下手な嘘をついたら、容赦なく撃つぜ」

「頼むから、撃たないでくれ」

「イワノフは『ドゥルジバ』のメンバーなんだな?」

「そ、そうだ」

「イワノフは国際結婚相談所をうまく使って、ロシア人女性を合法的に日本に入国させてるんだなっ」

「………」

「引き金を絞るぞ!」

「やめろっ。そうだよ。オリガも日本人の男と偽装結婚して、日本に入国したんだ。いまは六本木のランジェリー・パブで働いてる」

「岩佐の女房の話だと、『グローバル』は七十人近いロシア人女性を斡旋したらしいが、実際にはもっと人数が多いんじゃないのか?」

「それは……」

セルゲイが口ごもった。

「死ぬ気になったか?」

「撃つな! 撃たないでくれーっ。正確な数は、わたし、知らない。でも、偽装結婚した女は三百人以上ね。それから、貨物船や漁船で日本に密入国したロシア人の女は二千数百人いる」

「やっぱり、『ドゥルジバ』は密航ビジネスで荒稼ぎしてたんだな。ほかにも、非合法ビジネスをしてるんだろ？」

「非合法ビジネス？」

「麻薬、銃器、水産物なんかを不正に日本に運び込んでるんだろうが」

「そういうことは、イワノフさんじゃなきゃわからない。わたしもウラジミールも下っ端ね」

「イワノフは、日本に組織の拠点を作る気でいるんだなっ」

「そう、そうね」

「岩佐は偽装国際結婚で儲けながら、イワノフの拠点作りを手伝ってるんだな？」

「おまえの言う通りね」

「この近くに岩佐の別荘があるはずだ。おれをその別荘に案内しろ」

最上はセルゲイを摑み起こし、林道まで歩かせた。

林道に出たとき、セルゲイが横に吹っ飛んだ。銃声は響かなかったが、被弾したことは明らかだった。

セルゲイは首を撃たれていた。倒れたまま、身じろぎ一つしない。もう息絶えているのだろう。

最上は林の中に戻り、目を凝《こ》らした。

林道の向こうから姿を見せたのは、ウラジミールだった。オリガの姿は見えない。

ウラジミールは、うろたえ気味だった。セルゲイを誤射してしまったのだろう。ウラジミールはセルゲイを抱き上げ、天を仰いだ。最上はウラジミールにマカロフPbを向けた。

「動くと、撃つぞ」

「死ぬのは、おまえだっ」

ウラジミールが日本語で叫び、すっくと立ち上がった。ほとんど同時に、サイレンサー・ピストルを乱射した。

最上は樹木で身をかばった。

ウラジミールは連射しながら、急に走りはじめた。逃げる気らしい。

最上は林道に走り出て、片膝を落とした。

ウラジミールの脚《あし》に狙いをつけ、二発連射する。どちらも的《まと》には命中しなかった。ほどなくウラジミールの姿が掻き消えた。

最上はボルボに乗り込み、岩佐の別荘に向かった。

数分走ると、目的の山荘が見つかった。

暗かった。岩佐は逃げ出したらしい。

最上は車を降りると、万能鍵で別荘の玄関ドアの内錠を外した。

ドアを開けた瞬間、凄まじい爆発音が轟いた。最上は爆風で、ポーチの下まで噴き飛ばされてしまった。

幸運にも、無傷だった。すぐに起き上がると、テラスの上にホスト・コンピューターと思われる機器の残骸が転がっていた。

（岩佐は秘密サイトで何かダーティ・ビジネスをしてたんだろう）

最上は別荘から離れた。その直後、ふたたび爆発音が響き渡った。

洒落《しゃれ》た造りの山荘は巨大な炎に包まれた。

2

残弾は三発だった。

最上は弾倉《マガジン》をマカロフPbの銃把の中に戻した。前の晩にセルゲイから奪ったサイレンサー・ピストルだ。

自宅マンションの居間だった。あと数分で、午後一時になる。

（オリガかウラジミールのどっちかを取り押さえてたら、岩佐の隠れ家がわかったんだろうが……）

最上は思い出すだに忌々《いまいま》しかった。

朝刊には、岩佐の別荘の火災記事は出ていなかった。地方版には載っているにちがいない。

セルゲイの死は新聞でもテレビでも報じられなかった。ウラジミールとオリガが死体をどこかに隠したのかもしれない。

(イワノフは当然、警戒心を強めてるだろう。また、岩佐も小日向あかりの自宅には近づかないだろうな。岩佐の女房を拉致《らち》して、旦那の居所を吐かせるか)

最上はマカロフPbをコーヒー・テーブルの上に置き、携帯電話を手に取った。代貸の亀岡に電話をかけ、昨夜の出来事を手短に話した。

「若、危ねえとこでしたね。きょうも、小日向あかりの家《ヤサ》を張り込んでみやす」

「亀さん、ちょっと作戦を変えようと思ってるんだ」

「どんなふうにです?」

「岩佐の女房を引っさらってくれないか、健《けん》ちゃんか誰か若い組員と一緒に。おそらく岩佐は警戒して、美人演歌歌手のとこには行かないだろう」

「かもしれやせんね」

「岩佐が二億円と引き換えに正岡にスキャンダル写真のネガを渡す日は、まだ先のことだ。それまで待ってられない気持ちなんだよ」

「わかりやした。健と一緒に岩佐の女房《バシタ》を引っさらいます。『道草《みちくさ》』に連れ込んだら、すぐ若に連絡しまさあ」

亀岡がそう言い、電話を切った。『道草』は最上組が経営している居酒屋だ。根津の外れにある。

　ポケットフォンを卓上に置いたとき、インターフォンが鳴った。最上はサイレンサー・ピストルをマガジン・ラックの中に隠し、壁掛け型の受話器に足を向けた。

　インターフォンの受話器を耳に当てると、綿引刑事の声が届いた。

「突然、申し訳ありません。最上検事殿、少しお時間をいただけますか？」

「ええ、いいですよ。いま、内錠を外します」

　最上は玄関に急いだ。ロックを手早く解き、綿引を居間に通した。

「コーヒー、どうです？」

「どうぞお構いなく。掛けさせてもらいます」

　綿引が一礼し、リビング・ソファに腰かけた。最上は少し緊張しながら、綿引の前に坐った。

「早速、本題に入らせてもらいます。岩佐諭の居所はわかりました？」

　綿引が口火を切った。

「えっ」

「最上検事殿は昨夜、伊豆に行かれませんでした？　イワノフの自宅を張り込んだ後、車で伊豆に向かわれましたよね？　実はわたし、あなたの車を尾けてたんですよ。しかし、伊東港の少し手前でボルボを見失ってしまったんです」

「きのうの夜は都内にずっといましたよ」

「最上検事殿、そろそろ協力してくれてもいいのではありませんか？　あなたは伊豆高原の岩佐の別荘に行かれたんでしょ？　岩佐が別荘に隠れているという情報を摑んだんですよね？」

「おれ、伊豆には行ってませんよ」

「わたしは別段、あなたをどうこうする気はないんです。実は、あなたには話してないことがあるんです」

「どんなことなんです？」

「いまから八カ月前に、気鋭のフリー・ジャーナリストが深夜の路上で何者かに撲殺《ぼくさつ》されました。その男は下條孝《しもじょうたかし》という名で、『グローバル』のことを熱心に調べていたんです。おそらく下條は偽装国際結婚の証拠を摑んだため、わずか三十一歳で死ぬことになってしまったんでしょう」

「綿引《ワタ》さんは、その殺人事件の犯人を追ってたのか」

「その通りです。わたしは下條殺しに岩佐か、イワノフが深く関与していると睨んでいます。最上検事殿も岩佐の悪事の証拠を押さえようとしてらっしゃるんでしょ？」

「…………」

「正直に申し上げますと、わたしはあなたの悪人狩りには半分だけ共鳴しています。これは目に余る行為と感じなければ、最上検事殿を告発する気はありません。仮にあなたが悪人どもから口留め料めいたものを脅し取っていたとしても、目をつぶるつもりです。現職警官がこんなことを言っては、まずいんですがね。ついでに、話してしまいましょう。福井官房長官をラジコン・へリを使って爆殺したのは、ロシア人の疑いが強まりました」

「ラジコン・ヘリはロシア製だったんですか？」

「いいえ、模型ヘリは日本製でした。しかし、搭載されていた炸薬《さくやく》は、ロシア軍の特殊部隊《スペツナズ》で使われてる特殊火薬だったんですよ」

「まさかロシアのスペツナズが官房長官を暗殺したなんてことは……」

「それは考えられないでしょう」

「となると、ロシアのマフィアが何らかの方法で手に入れた特殊炸薬を使って、凶行に及んだのかな？」

最上は低く呟いた。

「その可能性はあるでしょうね。もう最上検事殿はご存じでしょうが、レオニド・イワノフは極東マフィア『ドゥルジバ』の幹部です。岩佐の妻とイワノフは『グローバル』を共同経営しています。もちろん、妻はダミーで実質的な共同経営者は夫でしょう」

「綿引《ワタ》さんは、岩佐がイワノフに福井官房長官の暗殺を依頼したと考えてるんですね？」

「まだ推測の域を出ませんが、そう考えることはできるのではないでしょうか。しかし、岩佐は小悪党に過ぎません。きっと岩佐を動かしてる黒幕がいるにちがいない」

「そうなんだろうか」

「最上検事殿、わたしは手の内をすべて見せました。ですからあなたも……」

綿引が促した。

「おれは岩佐の詐欺商法のからくりを暴《あば》きたくて、いろいろ嗅ぎ回ってたんです。菅沼君の叔父がなんとなく気の毒に思えたんで、柄にもなく義憤を覚えたわけです」

「そうですか。それで、どこまで調べ上げられたんです？」

「まだ確証はないんですが、『リフレッシュ・カレッジ』の長谷部所長を始末させたのは岩佐だと睨んでます。殺害の動機は、リストラ退職した中高年訓練生を喰いものにしてる事実が発覚するのを恐れたからでしょうね」

「なるほど。岩佐が医大裏口入学詐欺を働いてたことは知ってらっしゃいますよね？」

「ええ、まあ」

「ほかには、どんな悪事の尻尾《しっぽ》を摑まれました？」

「岩佐がイワノフと組んで偽装国際結婚で荒稼ぎをしてる疑いがあると……」

最上は、正岡のスキャンダル写真のことは隠し通した。調べ上げたことをそっくり綿引に教えてしまったら、岩佐から金を巻き上げられなくなるからだ。

「そのほかには？」

「岩佐はイワノフとつるんで、密航ビジネスや麻薬の密売もやってるんじゃないかと疑いはじめてます。それだけじゃなく、銃器や蟹なんかも密売してるかもしれないな」

「それだけですか？　もっと別な疑惑を持ってらっしゃるんでしょ？」

綿引が探るような眼差しを向けてきた。正岡が脅迫されている事実を腕っこきの刑事は知っているのだろうか。

「別の疑惑ですか?」

「ええ、そうです。最上検事殿は、岩佐とイワノフが共謀して暗殺ビジネスをやっているのではないかと思いはじめてるんではありませんか?」

「いや、そこまでは考えてもみなかったな。しかし、言われてみれば、暗殺ビジネスもやってそうだな。現に福井官房長官を爆殺したのは、ロシア人かもしれないって話でしたもんね」

「ええ。わたしは、要人暗殺の依頼人に興味を持ってるんですよ」

「つまり、誰が福井官房長官を始末させたかってことですね?」

「ええ、そういうことです。福井官房長官とは犬猿の仲だった前外務大臣は自分が屈辱的な形で更迭《こうてつ》されたことで、ひどくプライドを傷つけられたでしょう」

「綿引《ワタ》さんは、中岡昌臣《なかおかまさおみ》前外務大臣が福井官房長官の暗殺を依頼したと考えてるのか!?」

「そこまでは言ってません。しかし、前外務大臣が現政権誕生に大きな貢献をしたことは確かです」

「ええ、そうでしたね」

「前外務大臣はストレートな物言いをしますから、敵も多かったんだと思います。それにしても、中岡昌臣はショックを受けたと思いますよ」

「多分、いまも腸《はらわた》は煮《に》えくり返ってるだろうな」

「わたしも、そう思います」

「だからといって、中岡昌臣が仲の悪かった福井官房長官を暗殺させるというのは、いかにも子供っぽい八つ当たりでしょ？」

「ま、そうですね。要人暗殺は、これで終わりではないのかもしれません。まだ何人かの閣僚が葬《ほうむ》られることになるんではないのかな。わたしは、なんとなくそんな気がしてるんですよ」

「綿引《ワタ》さんの勘はよく当たるようだが、それはどうだろう？」

最上は首を傾げ、セブンスターに火を点けた。

「中岡昌臣が官房長官暗殺に関与してないとしても、この先も何かが起こりそうな気がして仕方がないんです。それで、最上検事殿と情報交換をする気になったわけなんですよ」

「せっかく来てもらったのに、たいした情報を提供できなかったな。その代わりってわけじゃありませんが、何か新事実がわかったら、必ず綿引《ワタ》さんに教えますよ」

「ぜひ、ご協力願います」

「わかりました」

「いずれ誰かを揺さぶるおつもりなんでしょうが、あまり派手におやりにならないように」

「綿引《ワタ》さんの友情に感謝します」

「あなたの口から、友情なんて言葉を聞くとは思ってもみませんでした」

「友情という言葉が安っぽく聞こえるなら、俠気《おとこぎ》と言い換えましょう。おれ、博徒の倅のせいか、俠気のある男が大好きなんです。綿引《ワタ》さんは漢《おとこ》の中の漢ですよ」

「からかわないでください。最上検事殿こそ、典型的な漢《おとこ》です。わたしは年下のあなたから、いろいろ教えられました。それでは、このへんで失礼させてもらいます」

綿引がソファから立ち上がった。最上は急いで煙草の火を揉み消し、綿引を玄関まで見送った。

居間に戻ると、緊張がほぐれた。

最上は一服してから、長椅子に寝そべった。それから五分も経たないうちに、玲奈から電話がかかってきた。

「仕事中？」

「いや、自宅にいるんだ」

「そんなに何日も休んで平気なの？」

「平気じゃないだろうな。しかし、裏の仕事が気になるんでね」

最上は昨夜の出来事と綿引が訪れたことを話した。

「岩佐はただの詐欺師だと思ってたけど、相当な悪党なのね」

「ああ、なかなか悪知恵が発達してるな。しかし、所詮《しょせん》は小物だろう。岩佐は背後にいる奴に利用されてるような気がするんだ」

「そうなのかしら？　案外、したたかな大悪党なのかもしれないわよ。それはそうと、綿引刑事があなたに情報の提供を求めたなんて、なんだか信じられない話だわ」

「そうだろうな。綿引《ワタ》さんは下條というフリー・ジャーナリストの事件と何か大きな陰謀がリンクしてると見てるんだろう」

「わたしも、そう思うわ。だけど、前外務大臣の中岡昌臣が福井官房長官殺害事件に関与してるとは考えにくいんじゃない？　更迭されてプライドは傷つけられただろうけど、そこまで短絡的な仕返しはしないでしょ？」

「おれもそう思ったんだが、綿引《ワタ》さんには何か確信があるのかもしれない」

「そうなのかな。ところで、岩佐は依然として、成城の自宅に戻ってないの？」

「ああ。二時間ほど前に電話アンケートの調査と偽って探りを入れてみたんだが、女房の話では不在だというんだ」

「案外、居留守を使ってるんじゃない？」

「そういうことはあり得ないとは言い切れないが、もうしばらく岩佐は自宅には戻らないと思うんだ。しかし、きょう中に岩佐の潜伏先はわかるだろう」

「岩佐の奥さんを脅して、居所を吐かせることにしたのね？」

「察しがいいな。亀さんに岩佐夫人を引っさらってもらうことになってんだ」

「僚さん、そこまでやるのはまずいんじゃない？　警察沙汰にでもなったら、大変なことになるわよ」

「岩佐房子だって、旦那が後ろめたいことをしてるのは知ってるはずだ。だから、拉致されたぐらいじゃ、警察に泣きついたりしないさ」

「そうだといいんだけど。奥さんが旦那の隠れ家を知らなかった場合は、わたしが色仕掛けか何か使って、イワノフという金髪男に接近してみるわよ」

「きみにそんな危険なことはさせられない。そのときは、何か別の手を考えるさ」

「わたし、あなたの力になりたいの」

玲奈が言った。

「その気持ちは嬉しいが、きみを囮《おとり》に使うわけにはいかないよ」

「優しいのね」

「玲奈に惚れてるからな」

最上は通話を切り上げ、ふたたび長椅子に身を横たえた。

綿引刑事から電話があったのは、数十分後だった。

「たったいま情報が入ったんですが、海野澄夫《うみのすみお》厚生労働大臣が議員会館の近くを散歩中に何者かに狙撃されたそうです。頭部に被弾し、即死したとのことです。幸いにもSPは無事だったようです」

「綿引《ワタ》さんの勘がまた当たったな。泉田内閣のメンバーが二人も暗殺されたのは、ただの偶然であるはずがない」

「ええ、それはね。銃声はまったく聞こえなかったという話ですから、消音装置付きの狙撃銃で離れた場所からシュートされたんでしょう」

「海野大臣の護衛をしてたSPは、狙撃者を目撃したんですか?」

「目撃する余裕はなかったようです。しかし、地取り捜査で目撃証言は得られるかもしれません」

「そうですね。綿引《ワタ》さん、わざわざ報《しら》せてくれてありがとう」

最上は電話を切ると、急いでテレビのスイッチを入れた。ブラウン管には、海野厚生労働大臣が狙撃されたという速報がテロップで流されていた。

最上はチャンネルを次々に替えた。

しかし、各局ともニュース速報をテロップで流しているだけだった。現職大臣が二人も暗殺されたわけだから、泉田首相はシロだろう。

事件現場からの中継がようやく放映されたとき、亀岡から電話連絡が入った。

「若、獲物を押さえやした。これから、『道草』に向かうとこです」

「わかった。おれも店に急ぐよ」

最上は短く応じ、マガジン・ラックの中からマカロフPbを取り出した。

シャッターを拳《こぶし》で軽く叩いた。

3

『道草』だ。夕闇が濃い。

最上は濃いサングラスで目許を隠した。そのとき、シャッターの向こうで亀岡が低い声で確かめた。

「若ですね？」

「そうだ」

「ちょっとお待ちくだせえ。いま、シャッターを開けますんで」

「ああ、頼む」

最上は少し退《さ》がった。

すぐにシャッターが半分ほど巻き揚げられた。最上は店内に入った。左手にカウンター席があり、右手に小上《こあ》がりがある。岩佐房子は小上がりに浅く腰かけていた。

両手は腰の後ろで粘着テープで固定されている。房子の両目は、安眠用のアイ・マスクで覆われていた。

「ご苦労さんだったな」

最上は、組で最も若い健に声をかけた。二十代の後半で、気のいい男だ。料理上手だった。

健が頭を下げ、困惑顔で告げた。

「このおばさん、亭主がどこにいるか知らないの一点張りなんですよ。もっと若けりゃ裸にして、木刀でぶっ叩いてやるんですけどね」

「あとは、おれに任せてくれ」

最上は岩佐の妻に歩み寄った。

「いま、喋った男の声には聞き覚えがあるわ。誰だったかしら？」

「そのままで、おれの質問に答えてくれ」

「あんたたち、やくざ者なんでしょ？　どこの組の人たちなの？　岩佐は裏社会の顔役たちも知ってるのよっ。わたしをこんな目に遭わせたんだから、あんたたち、只《ただ》じゃ済まないからね」

「うるせえんだよ、ばばあ！」

健が怒声を張り上げ、岩佐夫人の髪の毛を引っ摑んだ。房子が悲鳴を洩らした。

最上は目顔《めがお》で健を制し、房子に言った。

「女に手荒なことはしたくないんだが、それも相手の出方によるな」

「小娘じゃあるまいし、そんな脅しは怖《こわ》くないわ。ぶちたきゃ、ぶちなさいよ」

「騒ぐな」

「誰か、誰か来てーっ」

房子が大声で救いを求めた。最上はバック・ハンドで、房子の横っ面《つら》を張った。

だいぶ手加減したつもりだったが、房子は斜めに倒れた。脚をばたつかせて、さらに喚《わめ》きたてた。

最上はスカートの裾を捲《まく》り上げ、肌色のパンティ・ストッキングを手早く脱がせた。

「あんた、わたしを犯す気なの⁉」

「うぬぼれるな。大年増《おおどしま》に手を出すほど女にゃ不自由してない」

「だって、パン・ストを……」

房子が語尾を呑んだ。

最上は、丸めたパンティ・ストッキングを房子の口の中に突っ込んだ。房子が苦しがってもがきはじめた。

「濡れ雑巾《ぞうきん》を顔面に押しつけるだけで、奥さんは死んでしまう。死にたくなかったら、旦那の隠れ家を言うんだっ」

「…………」

「もう人生には飽《あ》き飽きしたってわけか」

最上は言った。

すると、房子が顔を激しく左右に振った。そうこうしているうちに、口から丸めたパンティ・ストッキングが零《こぼ》れ落ちた。

「岩佐は目黒のリース・マンションにいるわ」

「リース・マンションの名は?」

『権之助坂《ごんのすけざか》レジデンス』よ」

「目黒駅近くの権之助坂の途中に建ってるのか?」

「ええ、そう。目黒川から百メートルほど駅寄りにあるわ。きょうの午前中に、わたし、主人の着替えを届けに行ったの」

「何号室なんだ?」

「三〇三号室よ。あんたたち、岩佐をどうする気なの?」

「会って確かめておきたいことがあるんだ」

「それだけじゃないんでしょ? お願いだから、岩佐にひどいことをしないで。主人が殺されたりしたら、わたし……」

「旦那には殺す値打ちもない。詐欺を重ねてきた男は屑《くず》だからな」

「詐欺だなんて、言い過ぎよ。夫は誤解されているんだわ」

「ま、いいさ。旦那が『リフレッシュ・カレッジ』のダミー所長だった長谷部圭太を殺し屋《プロ》に始末させたんだな?」

「知らない、わたしは知らないのよ」

房子が言った。

「岩佐はリストラ退職者を喰いものにしてることが世間に知れるのを恐れて、長谷部を葬らせた。実行犯はレオニド・イワノフの手下なんだろ？」

「あんたは先日の査察官ね。ええ、間違いないわ。いま、はっきりと思い出した」

「おれは偽者《にせもの》さ。査察官になりすましたんだよ」

「えっ、そうだったの。それじゃ、いったい何者なのよ!?」

「身分は明かせない」

「想像はつくわ。恐喝屋なんでしょ？　主人に難癖をつけて、お金を脅し取る気なんだろうけど、そんなことはできないわ」

「岩佐のバックには大物政治家やロシアのマフィアがついてるってわけか」

「ロシアのマフィアですって？」

「イワノフが『ドゥルジバ』って極東マフィアの幹部だってことはわかってるんだ。岩佐は奥さんを『グローバル』の代表取締役にし、イワノフと結託して、偽装国際結婚であこぎに稼いでいる。日本人の男と形だけの結婚をした三百人以上のロシア人女性はクラブやランジェリー・パブで働くことが目的だった。そうだな？」

「わたしは、真面目に国際結婚のお世話をしただけよ。成婚した七十カップル近い人たちは、幸せな結婚生活を送ってるわ」

「おれは、ナターシャとソーニャが結婚相手とは別々に暮らしてる事実を確認済みなんだ。それからイワノフの子分のセルゲイ・グールトボイは、すでに二千数百人のロシア人を日本に密入国させたと吐いてる。あんたの旦那はイワノフとつるんで、密航ビジネスをしてるなっ」

「わたしは何も悪いことはしてないわ。岩佐だって、きっと法に触《ふ》れるようなビジネスはしてないはずよ」

「まだ粘る気か」

最上は肩を竦《すく》め、亀岡に近づいた。

「生《い》け簀《す》の川海老《かわえび》と泥鰌《どじょう》を掬《すく》って持ってきてくれないか」

「若、何をなさるんです？」

「おばさんをぶん殴るわけにはいかないから、別の方法でちょっとな」

「察しはつきまさあ。川海老や泥鰌をパンティの中に……」

「さすがは亀さんだ」

「確か鯰《なまず》も一匹残ってやしたよ。そいつも流し込んでやりやしょう」

亀岡がカウンターの奥にある生け簀に歩み寄り、たも網《あみ》を摑んだ。掬い上げられた川海老、泥鰌、鯰は、次々に大きな笊《ざる》に投げ込まれた。

最上は大笊を受け取ると、房子の白いショーツの中に中身をぶちまけた。

「何してるのよ。あっ、痛い！　いやだ、気持ち悪いわ。早く取ってよ」

「元気な泥鰌が奥さんの大事なとこに潜《もぐ》り込むかもしれないな。川海老や鯰も穴の中は嫌じゃないだろう」

「そ、そんな物をパンティの中に入れたの!?」

「ああ」

「お願いだから、全部取ってちょうだい。泥鰌も鯰も大嫌いなのよ。あっ、泥鰌と川海老が下の方に……」

「旦那は密航ビジネスのほかに、麻薬や銃器の密売をやってるんじゃないのか？」

「気持ち悪い！　早く変なものを取り出してよ」

房子が身を捩《よじ》りながら、涙声で哀願した。

水分を吸ったショーツの中で、川の生物が縺《もつ》れ合っている。どこかシュールな眺めだった。

「おれの質問に早く答えるんだ」

「ばか！　変態野郎ーっ。とにかく、パンティの中にいる生き物をどけてよ」

「ちゃんと質問に答えたら、どけてやる」

「人でなし！」

「どうなんだっ」

「詳しいことはわからないけど、サハリン沖で密漁されたタラバ蟹を何トンも買い取って、水産会社に転売してるわ。だけど、麻薬や銃器の密売なんかやってないはずよ」

「二千数百人のロシア人男女を日本に密入国させたことは認めるな？」

「ええ、それはね。でも、岩佐は主犯じゃないわ。イワノフの手伝いをしてるだけよ。うっ、痛い！」

「旦那の用心棒をやってた元やくざの大串を始末したのは、イワノフの手下なんだな？」

「ええ、多分ね」

「砂色の髪をしたロシア人の男は知ってるなっ」

「ビクトル・ポドルスキーのことね。彼は、イワノフの右腕よ」

「ウラジミールという小太りの男は？」

「まだ下っ端よ」

「オリガという女も知ってるな？」

「ええ、知ってるわ。でも、オリガが組織の一員かどうかはわからない」

「ビクトルやウラジミールは、イワノフの家で寝起きしてるのか？」

「ううん、二人とも別々のマンションで暮らしてるはずよ。アドレスまでは知らないわ。あっ、やだ！　泥鰌が一匹、中に潜り込んじゃった。早く出してよ」

「まだ訊きたいことがあるんだ。もうしばらく我慢しろ」

「こ、こんなの、残酷よ」

「岩佐は要人の暗殺もイワノフに依頼してるんじゃないのか？」

「まさかそんなことは……」

「旦那は大物の政治家とも、つき合いがあるんだろ？　そいつらの名前を教えてくれ」

「民友党の石井《いしい》幹事長や元法務大臣の神宮《じんぐう》先生とはゴルフを一緒にやったことがあるはずよ」

「前外務大臣の中岡昌臣とはつき合いがあるのか？」

「何かのパーティで一緒に記念写真を撮ったことがあったわ。でも、どの程度のつき合いなのかはわからない」

「そうか。伊豆高原の別荘には、闇ビジネスのサーバーがあったんだな？　旦那は秘密サイトで偽装国際結婚の花婿探しをやり、密貿易もしてた。そうだな？」

「ええ、そうよ」

「それがバレるとまずいんで、旦那は別荘を爆破してしまったんだろ？」

最上は畳みかけた。

「そのあたりのことは、よくわからないわ。ほんとよ」

「最近、旦那がちょくちょく会ってる人物がいると思うんだが……」

「ちょっと思い当たらないわね。もう何もかも話したんだから、ショーツの中にいる川海老なんかを取り出してよ」

房子が切迫した声で訴え、体を左右に揺さぶった。

最上は斜め後ろに立っている健に笊を手渡し、亀岡に歩み寄った。健が房子のパンティの中に乱暴に手を突っ込み、鯰を抓《つま》み出した。

「若、あっしも目黒に行きやしょうか？」

亀岡が小声で言った。

「おれひとりで平気だよ」

「しかし、岩佐は丸腰じゃねえと思います。ロシア・マフィアと親しくしてるわけですから、おそらく拳銃《ハジキ》を持ってるでしょう」

「おれも車の中に、敵から奪ったサイレンサー・ピストルを隠してあるんだ。だから、心配はいらない。岩佐を締め上げたら、亀さんに電話するよ」

「それまで人質は預かりやす」

「ああ、よろしく頼む」

最上は、代貸の肩を軽く叩いた。ちょうどそのとき、岩佐の妻が大声で言った。

「わたしの両手を使えるようにしてよっ。潜り込んだ泥鰌が子宮の近くまで入っちゃったの」

「しばらく寝床《ねどこ》にしてやれよ」

健がからかった。

「気持ち悪いこと言わないでよ。とにかく、早く取り出したいの！」

「もう少し待ってろや。あんたが若かったら、おれが喜んで取ってやるんだがな。おばさんのあそこに指突っ込んでも、ちっとも面白くねえからな」

「わたしだって、最初っから、おばさんだったわけじゃないわ。娘時代はセクシーな体してたんだから」

「想像もつかねえな」

「あんまり失礼なことを言うと、蹴っ飛ばすわよ」

「おっかねえ！　あれっ、おばさん、ヘアに何本も白いものが混じってんぜ。鮓に白いものを抜いてもらうか」

「ふざけないで！」

房子が声を荒らげ、足を飛ばした。横蹴りは、健の内腿に入った。

健がよろけた。笊から川海老と泥鮓が零《こぼ》れた。

「しっかりしろい！」

亀岡が笑いながら、健を叱りつけた。

最上は思わず吹き出してしまった。口許を引き締めてから、表に出る。

ボルボは、『道草』から十メートルほど離れた路上に駐《と》めてあった。最上は車に乗り込み、ただちに目黒に向かった。

目的のリース・マンションを探し当てたのは、午後七時ごろだった。道路がどこも渋滞していて、予想以上に時間がかかってしまったのだ。

最上は車を裏通りに停止させた。グローブ・ボックスからマカロフPbを掴み出し、腰の後ろに差し込む。

車を降り、リース・マンションの表玄関を潜《くぐ》った。管理人室はあったが、窓口はカーテンで閉ざされていた。無人なのだろう。

最上は勝手にエレベーターで三階に上がった。人目がないことを確認してから、両手に布手袋を嵌めた。

三〇三号室の前で足を止め、ドアに耳を近づける。室内は静まり返っていた。

岩佐は外出しているのか。

最上はドア・チャイムを鳴らした。なんの応答もない。

（やっぱり、出かけてるようだな。それなら、部屋の中で岩佐の帰りを待とう）

最上は上着のポケットから万能鍵を抓《つま》み出し、ノブに手を掛けた。ノブはなんの抵抗もなく回った。施錠されていないようだ。

最上は万能鍵をポケットの中に戻し、室内に忍び込んだ。ホテル形式の造りで、奥にコンパクトなソファ・セットとベッドが見える。

最上はベルトの下からサイレンサー・ピストルを引き抜き、スライドを手早く滑らせた。初弾が薬 室《チェンバー》に送り込まれた。

最上は足音を殺しながら、ベッドの横まで歩いた。

だが、どこにも岩佐はいなかった。逆戻りして、バス・ルームのドアを引いた。

そのとたん、濃い血臭が鼻腔《びこう》を撲《う》った。

バス・タブの中で、裸の岩佐が死んでいた。首と左胸に射 入 孔《しゃにゅうこう》が見える。

銃創《じゅうそう》に溜まっている血糊は、まだ凝固しきっていない。バス・タブの湯は真っ赤だった。射殺されてから、それほど時間は経過していないようだ。薬莢《やっきょう》は見当たらなかった。

犯人が持ち去ったらしい。あるいは、凶器はリボルバーだったのか。

（岩佐、あんたはうまく利用されてたんだろう。おれは、あんたから銭を脅し取るつもりだったんだ。しかし、死人から金は取れない。こうなりゃ、あんたの背後にいる奴から銭を毟《むし》り取ってやる）

最上はバス・ルームのドアを閉め、クローゼットの扉を開けた。

隅に茶色のトラベル・バッグが置いてあった。中身を検《しら》べる。着替えや洗面用具が入っているだけだった。

最上は、ハンガーに吊《つ》るされた岩佐の背広のポケットを探った。札入れと名刺入れが入っていたが、住所録の類《たぐい》はなかった。

最上はクローゼットの扉を閉めると、ベッドに歩み寄った。ナイト・テーブルの上に、携帯電話があった。

最上は岩佐のポケットフォンを懐に入れると、サイレンサー・ピストルをベルトの下に差し込んだ。三〇三号室を出ようとしたとき、二人の制服警官が部屋に飛び込んできた。

片方は四十代前半で、もうひとりは二十六、七だった。

「あんた、ここで何をしてるんだっ」

四十年配の男が咎《とが》めるように言い、最上の布手袋を無遠慮に見た。

「怪しい者ではない」

「おい、訊いてることにちゃんと答えろよ。この部屋で人が殺されてるという通報があったんだ。手袋なんかして、怪しい奴だな」

今度は若い警官が言った。

（所轄署に連行されたら、所持品検査をやられるな）

最上は上着の内ポケットから身分証明書を取り出し、二人の警官に提示した。

「東京地検の方でしたか。これは、大変失礼いたしました。なぜ、この部屋にいらしたのでしょう？」

年長の警官が緊張しながらも、訝《いぶか》しげに問いかけてきた。

最上は一瞬、動揺しそうになった。だが、すぐに内心の狼狽を隠した。

「このリース・マンションにいる知人を訪ねてきたんだが、廊下を歩いてると、三〇三号室から黒いスポーツ・キャップを目深《まぶか》に被った若い男が慌《あわ》てた様子で飛び出してきたんだ。そいつは、白いマスクもしてた。それで不審に思ったんで、仕事用の手袋を嵌めて部屋の中に入ってみたんだ」

「それで？」

「バス・ルームの中で六十年配の裸の男が殺されてた。至近距離から二発、銃弾を撃ち込まれてる」

「やっぱり、通報は正しかったんだな」

四十代の警官が同僚に声をかけた。若い警官が無言でうなずいた。

「すぐ機捜の初動班に連絡をとったほうがいいと思うな」

最上は、どちらにともなく言った。と、年嵩《としかさ》の男が最上の顔を正視した。

「そうします。あなたが第一発見者ということになりますので、事情聴取させてもらえますね？」

「もちろん、協力する。ただ、知人宅に早く届けなければならない物があるんだ。四、五分で戻ってくるから、ちょっと行ってきてもいいでしょ？」

「ええ、どうぞ」

「それじゃ、すぐ戻るから」

最上は三〇三号室を出ると、布手袋を外した。リース・マンションを出て、自分の車に駆け寄った。

トランク・ルームにマカロフPbと岩佐の携帯電話を隠し、亀岡に連絡をとった。

「亀さん、岩佐が殺された」

「なんですって!? リース・マンションの部屋で殺《や》られてたんですかい？」

「そうだ」

最上は経緯《いきさつ》をかいつまんで話した。

「そういうことなら、人質は家《ヤサ》に帰してやってもいいですね？」

「ああ。ただし、監禁場所を覚《さと》られないようにな」

「その点は抜かりありやせんや。どうかご安心くだせえ」

亀岡が先に電話を切った。

最上はポケットフォンを懐にしまうと、ゆっくりとリース・マンションに戻りはじめた。

4

事情聴取が終わった。

最上は機動捜査隊初動班のベテラン係官に目礼し、エレベーター乗り場に向かった。いつの間にか、八時半を回っていた。

最上は歩きながら、額の冷や汗を手の甲で拭《ぬぐ》った。

五十嵐《いがらし》というベテラン捜査員は事情聴取中、絶えず最上の顔を見据えていた。リース・マンションに最上の知人が住んでいないことを職業的な勘で見抜いた様子だった。

最上はたじろぎそうになった。

しかし、とっさに思いついた作り話を嘘だったと認めるわけにはいかない。最上は苦し紛《まぎ》れに、知人は人妻なのだと言い繕《つくろ》った。

ベテラン捜査員は、相手の女性の名を知りたがった。だが、最上は知人に迷惑をかけたくないと頑《かたく》なに姓名を口にしなかった。

でたらめな名前を言ったら、かえって怪しまれることになる。最上はそう考え、余計なことは喋らなかった。

ベテラン捜査員は、最上が岩佐殺しに何らかの形で関わっていると睨んだらしい。事情聴取は、きわめて執拗《しつよう》だった。

エレベーター・ホールに着いた。

最上は函《ケージ》に乗り込み、一階に降りた。

『権之助坂レジデンス』の前には、夥《おびただ》しい数の警察車が連《つら》なっていた。灰色の鑑識車も二台見えた。

報道関係者たちの姿も目立つ。あちこちに撮影用ライトが灯《とも》り、放送記者たちがマイクを握っていた。遠巻きに野次馬たちがたたずんでいる。

最上は、うつむき加減でボルボまで歩いた。

急いで車に乗り込み、ひとまずリース・マンションから遠ざかる。数百メートル先で、ボルボを路肩《ろかた》に寄せた。

ほとんど同時に、懐の携帯電話が鳴った。ポケットフォンを耳に当てると、馬場部長の不機嫌そうな声が響いてきた。

「きみは何をやってるんだっ」

「なんの話です？」

「たったいま、機捜初動班の五十嵐という刑事から問い合わせの電話があったんだ。きみは、殺人事件の第一発見者だったそうだね？」

「ええ、成り行きでそうなってしまったんです」

「欠勤するのはかまわんが、妙な行動は慎《つつし》んでくれ。わたしの感触だと、五十嵐刑事はきみが殺人犯だと疑ってるな」

「冗談じゃない。殺された男は、まったく知らない奴だったんです。そんな人物をどうして殺さなきゃならないんですっ」

最上は言い返した。

「きみの供述に不自然なとこがあったんで、嫌疑をかけられたんだろう。リース・マンションに、ほんとうにきみと親しい人妻が住んでるのかね？」

「ええ、住んでます。彼女、夫と別居中なんですよ」

「それだったら、五十嵐刑事に交際相手の氏名を教えてもよかったんじゃないのかね？　彼女はご亭主と別々に暮らしてるわけだから」

「五十嵐という捜査員が彼女の夫に電話して、わたしのことを訊くかもしれないでしょ？　彼女は離婚するかどうか迷ってるとこなんですよ。不倫相手の存在が旦那に知れてしまったら、知り合いの人妻は否応《いやおう》もなく離婚に追い込まれるでしょうが」

「それは仕方ないじゃないか。夫を裏切ってしまったわけだからな」

「しかし、まだ彼女は夫に未練があるんです。だから、五十嵐刑事に彼女の名前を教えるわけにはいかなかったんですよ」

「最上君、少しは自分の立場を考えろよ。きみは現職検事なんだぞ。人妻相手に軽々しく情事を愉《たの》しむのは、感心できることじゃないね」

馬場が苦々しげに言った。

「確かに品行方正とは言えませんが、恋愛は自由でしょうが？」

「それはそうだが、それなりの分別《ふんべつ》は持ってもらわんとな」

「お言葉を返すようですが、本気で誰かに惚れたら、そう簡単には恋情を抑えられないでしょ？」

「あまり子供っぽいことを言うな。高校生や大学生じゃあるまいし……」

「もうよしましょう、その話は。それぞれ恋愛観が違うわけだから、話が噛み合うわけありませんからね」

「わかった。その話はやめよう。五十嵐刑事は、きみが欠勤日にまで布手袋を携帯してたことにも不審感を懐《いだ》いてるようだったぞ」

「たまたま上着のポケットに入ってただけですよ。いつも持ち歩いてるわけじゃありません」

「そうなのか。とにかく、検察官であることを自覚してほしいね」

「わかりました。ほかに何か?」

「いや、それだけだ」

「それじゃ、これで……」

最上は終了キーを押し、携帯電話を懐に突っ込んだ。トランク・リッドのオープナーを引き、車を降りる。

トランク・ルームの中からサイレンサー・ピストルと岩佐の携帯電話を摑み出し、すぐ運転席に戻る。ポケットフォンの発・着信履歴をチェックしてみた。

射殺された岩佐はこの三日間で、矢内敬之《やうちたかゆき》という人物に七回も電話をかけた事実が記録されていた。最上は矢内の携帯電話番号をディスプレイに呼び出し、発信キーを押した。

だが、先方の電源は切られていた。

矢内という男が黒幕なのかもしれない。いったい何者なのか。

最上は自分のポケットフォンを使って、菅沼に連絡をとった。

「まだ残業かい?」

「ちょっと前に片づけて、これから帰ろうとしてたとこです」

「それじゃ、岩佐が殺されたことはまだ知らないだろうな」

「あの詐欺師が殺されたですって!?」

菅沼が声を裏返らせた。最上は詳しい話をした。

「叔父を苦しめた岩佐が殺されても、まったく気の毒だとは思いませんね。それどころか、ざまあみろって気持ちです」

「だろうな」

「しかし、よく考えると、こんな結末じゃ、自殺した叔父も浮かばれないな。叔父は、悪質な詐欺を重ねてた岩佐に刑務所暮らしをさせることを願ってたでしょうからね」

「おれがもっと早く岩佐の黒い人脈に気づいていれば、奴を服役させることができたんだろうがな。菅沼君、済まない」

「最上検事、やめてください。検事が謝る必要なんてありませんよ。叔父のために一肌脱いでくださって、ほんとうにありがとうございました」

「よせよ。おれは岩佐がダーティ・ビジネスにも手を染めてる事実を調べ上げただけで、奴に喰いものにされたリストラ退職者たちの恨《うら》みを晴らしてあげられたわけじゃないんだ。岩佐があんな形で殺されちまって、すごく残念だよ」

「岩佐が死んだわけですから、最上検事の単独捜査も終わりですね？」

「いや、捜査は続行する。岩佐は、要人暗殺に加担した疑いが濃いんだ」

「要人暗殺というと、福井官房長官が爆殺され、海野厚生労働大臣が散歩中に何者かに狙撃された事件のことですね？」

「そうだ。綿引《ワタ》さんから聞いた話によると、福井官房長官に激突したラジコン・ヘリには、ロシア軍のスペッツナズが使ってる炸薬が搭載されてたらしいんだよ」

「そのことは、マスコミで一切報じられてませんね」

「そうだな。警察は外交面で波風を立てたくないと判断して、意図的に発表を控えたんだろう。そうじゃないとすれば、政界の大物から圧力がかかったんだろうな」

「どちらにしても、岩佐とつるんで密航ビジネスをやってた極東マフィアが政治家暗殺事件に関与してる疑いがあるわけですね？」

「ああ。綿引《ワタ》さんは、前外務大臣の中岡昌臣が更迭された腹いせに泉田内閣のメンバーを殺し屋《プロ》に始末させたのかもしれないと言ってたよ」

「それは、どうですかね？　たとえ、あの前外務大臣が現政権をガタガタにしてやりたいと考えてたとしても、そんな子供っぽい仕返しはやらないと思うな」

「おれも同感だね。綿引《ワタ》さんの勘も、たまには外れるさ」

「綿引刑事は、中岡昌臣が要人暗殺に関与してるという裏付《ウラ》けをもう取ったんでしょうか？」

「それは、まだだと思うよ。現内閣を崩壊させて早期総選挙を狙ってる者がいるとすれば、民友党の最大派閥のことが頭に浮かんでくるな」

「ええ、そうですね。しかし……」

菅沼が言い澱《よど》んだ。

「先をつづけてくれ」

「はい。首相は断乎《だんこ》として構造改革を推し進《お》めると叫んでますが、大半の国民は明らかに失望しはじめてます。ですから、そう遠くない日に泉田内閣は崩れ落ちるんじゃないのかな」

「菅沼君は、最大勢力が焦《あせ》って現閣僚の暗殺をロシア・マフィアに依頼する必要はないと言いたいわけだ？」

最上は確かめた。

「ええ、そうです」

「しかし、構造改革を望む国民は依然《いぜん》として多いんじゃないだろうか」

「首相の今後の政策次第では、また支持率がアップする可能性はあるでしょうね。それに最大派閥に属する代議士たちが収賄容疑をかけられたりして、国民に呆《あき》れられてますからね」

「そうなんだ。泉田内閣が人気を盛り返したら、最大派閥が政権を奪い取るチャンスはなくなるわけだろ？」

「そこで最大派閥は要人暗殺を請け負ってる極東マフィアに現閣僚をひとりずつ……」

「まだ証拠を掴んだわけじゃないが、そういう推測はできると思うんだ」

「ええ、そうですね」

「それはそれとして、ちょっと犯歴を調べてもらいたい男がいるんだ」

「どういう人物なんです？」

菅沼が問いかけてきた。

最上は、矢内敬之の名が岩佐の携帯電話の発信記録に残されていたことを告げた。むろん、電話をかけた回数も教えた。

「矢内はロシア・マフィアと直《じか》に接触することを避けて、岩佐を通じて要人暗殺を依頼したのではないかとお考えなんですね？」

「ま、そういうことだ」

「すぐに調べて、最上検事に報告します」

電話が切れた。

最上は自分のポケットフォンを懐にしまうと、岩佐の携帯電話のディスプレイに番号登録者の名を流しはじめた。

保守系の国会議員の名が三人ほど登録されていた。しかし、いずれも未使用のマークが出ている。

岩佐は、はったりでベテラン代議士たちの電話番号を登録しただけなのか。そして、実際には三人の議員の秘書たちと連絡を取り合っていたのか。ただ、その三代議士は最大派閥には属していなかった。

最上は、およそ百人の登録者の氏名をひとりずつ読んだ。日本人の名ばかりで、イワノフの名は記載されていなかった。

携帯電話は傍受《ぼうじゅ》されやすい。岩佐は固定電話を使って、黒幕やイワノフと連絡をとり合っていたのだろう。

最上は岩佐の携帯電話をグローブ・ボックスの中に突っ込み、車を発進させた。広尾のイワノフ邸を張り込んでみる気になったのだ。

十分ほどボルボを走らせると、菅沼から電話がかかってきた。

「矢内敬之には検挙歴も逮捕歴もありませんでした」

「そうか」

「最上検事、そうがっかりしないでください。ぼく、矢内敬之という名前にはかすかな記憶があったんです。それで、先週、週刊誌に矢内に関する記事が載ってたことを思い出したんですよ」

「矢内は有名人なのか？」

「別に有名人じゃないんですが、ロシアびいきの事業家なんです。五十二歳で、日ロ合弁の水産会社や石油会社に出資して、ロシア正教の信者でもあるんです。奥さんは、エスカリーナという名のロシア美人です。三十六だったかな」

「ユニークな男だな。どういう経歴の持ち主なんだい？」

「三十代の半ばまで、ロシア語の翻訳と通訳をやってたんですが、親の遺産が入ったんで、事業家に転身したんですよ」

「ふうん。しかし、岩佐のような男と親交があったんじゃ、まっとうな生き方はしてなさそうだな」

「かもしれませんね」

「矢内の半生が面白いってことで、週刊誌は記事で取り上げたわけか」

「それもあるでしょうが、矢内はこの一月にプーチン大統領に北方四島を日ロの共有領土にして、両国民が一緒に仲良く暮らしたらどうかという提案を長い手紙にして送ったらしいんです。そのことがロシアのテレビで紹介されたとかで、『週刊トピックス』も記事にしたみたいですね」

「そうだったのか。掲載号は、まだ自宅にあるのかい？」

「ええ、あります。明日、職場に持ってきますよ。それから、矢内の自宅も調べておきましょう」

「そうしてもらえると、助かるな。悪いが、よろしく！」

最上は通話を切り上げ、運転に専念した。

イワノフの自宅に着いたのは、二十数分後だった。

ボルボを洋館から少し離れた路上に停め、そのまま張り込みはじめた。

イワノフ邸の門扉《もんぴ》が開いたのは、午後十時過ぎだった。最上の目に最初に映ったのは、オリガだった。

オリガの向こうに、金髪の男がいた。イワノフだ。二人は短く言葉を交わすと、相前後して片手を軽く挙げた。オリガが歩きだした。イワノフは門扉を閉ざし、邸内に消えた。

（オリガを尾《つ》けてみよう）

最上はグローブ・ボックスからサイレンサー・ピストルを取り出し、腰の後ろに挟んだ。そっと車を降り、オリガのあとを追った。

オリガは外苑《がいえん》西通りに出ると、広尾橋方面に向かった。彼女は歩きながら、携帯電話を一度使った。

最上は一定の距離を保ちながら、オリガを追尾しつづけた。

オリガは広尾橋交差点を右に曲がった。広尾プラザの前を通り、寺院の多い地区に入っていった。

最上は伊豆高原と同じように罠の気配を嗅《か》ぎ取った。オリガは尾行者をどこか暗い場所に誘い込む気なのではないか。

最上はそう思いながらも、臆《おく》することはなかった。

少しすると、オリガは寺の敷地に足を踏み入れた。門はあったが、扉は開け放たれている。

ほぼ正面に本堂が建ち、その右側に庫裏《くり》があった。庫裏とは本来は寺の台所のことだが、広義では住職一家の居室をも含む。窓は電灯で明るい。

オリガは左手にある墓地の中に入った。

少し遅れて最上も墓地に走り入った。さすがに暗い。七、八十基の墓石が並んでいる。墓地の端には、巨木が連なっていた。

オリガが墓地の中央のあたりで立ち止まり、体を反転させた。

「どこまで従《つ》いてくるの、ストーカーさん？」

「暗がりのどこかに、仲間がいるんだろ？　伊豆高原でセルゲイ・グールトボイを誤って撃ち殺したウラジミールが刺客なの？」

「刺客？　その意味、わからない」

「殺し屋のことだ。ウラジミールじゃ、また仲間を誤射するかもしれない。待ち伏せしてるのは、イワノフの右腕のビクトル・ポドルスキーなのか？」

「わたし、日本の男性とセックスしてみたいと思っただけ。だから、あなたをここに誘い込んだの」

「ふざけるなっ」

「わたし、ほんとにあなたといいことしたい」

「だったら、素っ裸になれ！」

最上は言いながら、視線を巡らせた。動く人影はない。

「ほんとにセックスしてくれる？」

「ああ。裸になったら、墓石に抱きついて尻《けつ》を突き出せ。バックから突っ込んでやるよ」

「そういうワイルドな愛し合い方、わたし、嫌いじゃない。だけど、ここでは落ち着かないわ。隅《すみ》っこでセックスしましょ？」

オリガは言うなり、奥に駆けていった。

最上はベルトの下からマカロフPbを引き抜き、スライドを滑らせた。大股でオリガのあとを追う。

オリガは石垣の前にたたずんだ。ジャケットを着たまま、ブラウスの胸ボタンを外しはじめた。

「下手な芝居はやめろっ」

最上は声を張った。

一拍おいて、樹木の陰から小太りの男が現われた。ウラジミールだ。サイレンサー・ピストルを提《さ》げていた。

最上は近くの墓石を楯《たて》にして、ウラジミールに狙いをつけた。先に発砲したのは、小太りのロシア人だった。

放たれた九ミリ弾が墓標の角を弾き飛ばし、背後の墓石を穿《うが》った。跳弾《ちょうだん》は植え込みの中に落ちた。

最上は引き金を絞った。

狙ったのは、標的の右脚だった。

うまい具合に命中した。ウラジミールが呻きながら、通路の石畳に横倒れに転がった。

オリガがロシア語で何か口走りながら、本堂の方に向かって走りだした。逃げる気になったらしい。

ウラジミールが坐ったまま、また銃弾を放ってきた。

最上は横に移動し、大きく回り込んだ。ウラジミールは最上の姿を見失ったらしく、しきりに目を凝《こ》らしている。

最上は迂回しきると、石畳に躍《おど》り出た。両手保持でサイレンサー・ピストルを構え、ウラジミールに鋭く命じた。

「武器を捨てろ。捨てないと、おまえの頭をミンチにしちまうぞ」

「撃つな。わたし、まだ死にたくないよ」

ウラジミールが震え声で言い、マカロフPbを石畳に滑らせた。特殊拳銃は三メートル近く離れた場所で静止した。

いつの間にか、オリガの姿は墓地から掻き消えていた。

「ビクトルは、どこに隠れてるんだ?」

最上はウラジミールに訊いた。

「彼は、ここには来てない。わたしがおまえを始末することになってたんだ」

「ま、いいさ。そこから動くなよ」

「わかってる」

ウラジミールが力弱く呟いた。

最上は周りの墓石の後ろを覗き込み、ウラジミールが捨てたサイレンサー・ピストルを拾い上げようとした。

ちょうどそのとき、ウラジミールが短い声を洩らした。頭部が西瓜《すいか》のように砕《くだ》け散った。

最上は石畳のマカロフPbにふたたび片手を伸ばした。そのとき、石畳に着弾した。最上はウラジミールの武器を拾い上げることを諦《あきら》め、大きな墓石に身を寄せた。

石畳の端に、ビクトルが立っていた。灰色の髪の男だ。

もう弾《たま》は二発しか残っていない。最上は敵を充分に引き寄せてから、引き金を絞ることにした。

ビクトルがサイレンサー・ピストルを構えながら、一歩ずつ近づいてくる。

さすがに平然とはしていられなくなった。最上は喉の渇《かわ》きを覚えた。心臓が締めつけられたような感じで、少しばかり胸苦しい。

「おまえは、もう逃げられない」

ビクトルが圧《お》し殺した声で告げた。日本語だった。

最上は卒塔婆《そとば》をそっと引き抜き、通路に投げた。

ビクトルが発砲した。最上は大きく伸び上がった。ビクトルは十メートルほど先に立っていた。

最上は撃った。

ビクトルが左手で利き腕を押さえて、慌てて走りだした。どうやら弾が命中したらしい。最上は石畳に走り出て、ビクトルを追った。残りの一発でビクトルのどちらかの腿を撃つつもりだった。

ビクトルが墓地から本堂の方に回った。最上は懸命に追いかけた。墓地を走り出ると、ビクトルの姿は掻き消えていた。

最上は、あちこち駆け巡ってみた。だが、ビクトルはついに見つからなかった。

第五章　歪《ゆが》んだ野望

1

道端に二人の男が立っていた。

どちらも三十代だろう。眼光が鋭い。

（刑事だな）

最上は胸底で呟き、ボルボを自宅マンションの駐車場から出した。岩佐が射殺された翌日の朝である。

九時過ぎだった。

目つきの鋭い男たちが焦ってメタリック・ブルーのセフィーロに乗り込んだ。ナンバー・プレートの頭の平仮名《ひらがな》で、警察車とわかった。

男たちは目黒署の刑事だろう。機動捜査隊初動班の五十嵐が所轄署の捜査員に最上をマークすべきだと言ったにちがいない。

セフィーロは三十メートルほど車間距離をとりながら、追走してくる。

（尾行しても意味ないぜ。おれは、まっすぐ職場に行くんだから）

最上は車を霞が関に向けた。

覆面パトカーは依然として追尾してくる。

しかし、最上は気にも留《と》めなかった。どんなに怪しまれても、自分は岩佐殺しには無関係だ。

それよりも前夜のことが気がかりだった。けさのテレビ・ニュースでウラジミールの死は伝えられたが、ビクトルのことは報じられなかった。最上はビクトルの利き腕を撃っている。逃げるビクトルを追ったとき、住職一家の誰かに姿を見られたのではないか。あるいは、寺の隣家の者に目撃されたのかもしれない。地元署の刑事たちにもマークされたら、ますます動きにくくなる。

二十数分で、最上は職場に着いた。

車を駐車場に入れ、三階に上がる。刑事部を素通りして、検事調室に入った。

最上は検事席につき、セブンスターをくわえた。

午前十時に菅沼とここで会う約束になっていた。最上は起き抜けにコンビを組んでいる検察事務官に電話をかけたのだ。

一服し終えて間もなく、菅沼が検事調室に入ってきた。

「おはよう。菅沼君、早いじゃないか」

「最上検事こそ……」

「年取ると、めざめが早くなってね」

「ご冗談を」

「例の週刊誌持ってきてくれたかい？」

最上は訊いた。菅沼がうなずき、最上の席に近づいてきた。黒い革鞄から『週刊トピックス』の先週号を取り出した。

最上は週刊誌を受け取り、矢内敬之に関する記事に目を通した。

記事には矢内自身はもとより、妻のエスカリーナの顔写真も添えてあった。エスカリーナは、思っていたよりも美しかった。

「矢内の自宅もわかりました。世田谷区尾山台《おやまだい》二丁目十×番地です」

「そうか」

「えーと、それから矢内の出身大学もわかりました。京陽《けいよう》大学の文学部を出てます」

「京陽大学といったら、元首相の小橋善太郎《こばしぜんたろう》の出身校だな」

「ええ、そうですね。小橋は六十六で、矢内は五十二です。学んだ時期はずれてますが、同窓ですよね。校友会パーティか何かで二人が会ってる可能性はあるんじゃないかな？」

菅沼が言った。

「あるだろうな。小橋善太郎は、民友党の最大派閥のボスだ」

「ええ、そうですね。矢内が小橋と接触した事実があるとすれば、要人暗殺を企てたのは小橋善太郎かもしれないな。泉田にとって、小橋は宿命のライバルですからね」

「そうだな。歌舞伎役者のような顔立ちをしてる小橋は多くの女性票を獲得して、総理大臣の椅子に坐った。しかし、経済政策でしくじって、退陣に追い込まれたんだったな」

「ええ、そうです。志《こころざし》半ばで政権交代させられたわけですから、小橋善太郎はさぞや口惜《くや》しかったと思います」

「だろうね」

「小橋が現政権をぶっ壊して、また総理大臣に返り咲きたいと考えてるんですかね？」

菅沼が言った。

「そういう思いもなくはないだろうが、小橋元首相は自分がその夢を叶えられるとは考えちゃいないだろう」

「となると、小橋は自分の派閥の中の誰かを次の総理にしたいと願ってるんでしょう」

「そうなのかもしれないが、適任者がいるかな？　首相になりたがってる野望家は大勢いるようだが、どいつもスター性がない」

「最上検事のおっしゃる通りですね。確かに、これといった人物はいません。小橋善太郎は、意外なエースを用意してるんでしょうか？」

「考えられなくはないね。いずれにせよ、小橋が矢内と裏でつながってるとしたら、要人暗殺に絡《から》んでそうだな。少し矢内をマークしてみるよ」

「ぼくにお手伝いできることがあったら、遠慮なくおっしゃってください」

「それじゃ、どこかでレンタカーを借りてきてもらおうか。地味なセダンがいいな」

「敵にボルボを何度も見られてるんで、レンタカーをお使いになる気に……」

「ああ、そういうことだ。とりあえず、三日ほど借りてきてくれないか」

最上は懐から札入れを抓《つま》み出し、何枚かの一万円札を菅沼に手渡した。ほどなく菅沼は、レンタカーを借りに行った。

最上は岩佐の携帯電話を上着のポケットから摑み出し、矢内敬之に電話をかけた。

ややあって、中年男の声で応答があった。

「矢内さんですね？」

最上は作り声で確かめた。

「そうです。失礼だが、どなたです？」

「岩佐諭の身内の者です」

「このたびは、突然のことで……」

「あなたは怕《こわ》い方だな」

「どういう意味なんです？」

「矢内さん、あなたは岩佐をさんざん利用しておきながら、非情にも始末させた」

「いきなり何を言い出すんですっ。まるでわたしが岩佐さんを誰かに殺害させたような言い方じゃないか！」

矢内が気色《けしき》ばんだ。

「そうなんでしょ？」

「な、何を根拠にわたしを罪人扱いするんだっ」

「生前、わたしは岩佐から聞いてるんですよ。あなたが日ロ合弁会社のビジネスとは別に、ロシア人を日本に密入国させたり、密漁されたタラバ蟹なんかを安く買ってるって話をね」

最上は揺さぶりをかけた。

「根も葉もないことを言うな。無礼じゃないかっ。だいたい岩佐さんとは、それほど親しいわけじゃなかったんだ。ただの釣り仲間だったんだよ」

「わたし、岩佐の携帯電話の発信記録を調べたんですよ。岩佐は数日の間に、あなたに何度も電話をかけてる」

「岩佐さんがブラックバスの情報を教えてくれただけだよ」

矢内が狼狽気味に言った。

「だいぶ慌ててますね」

「おかしなことを言うなっ」

「岩佐を射殺したのは、レオニド・イワノフの手下なんでしょ？」

「誰なんだね、その男は？」

「おとぼけだな。極東マフィア『ドゥルジバ』の幹部で、岩佐房子と国際結婚相談所の『グローバル』を共同経営してる奴ですよ。イワノフとは親しいんでしょ？　岩佐はイワノフを通じて、あなたと知り合ったと言ってました」

最上は、また誘導尋問《じんもん》をした。

「イワノフなんて人物には会ったこともない」

「ま、そういうことにしておきますか。それはそうと、岩佐の葬儀には出席していただけますね？」

「そのつもりだが、まだ通夜と告別式の日時をうかがってないんだ」

「まだ日時が決まってないんですよ。しかし、午後にははっきりするはずです。日時が決定したら、別の者がご連絡します」

「おたくは岩佐さんの身内の者じゃないな？」

「なぜ、そう思われるんです？」

「おたくは、このわたしに何か揺さぶりをかけてるんだろ？　しかし、わたしは疚《やま》しいことなんかしていない。岩佐さんとは、ほんとうに釣り仲間だったんだ。また妙な電話をしてきたら、警察に届けるぞ。いいな！」

矢内が憤然と電話を切った。

最上はすぐにリダイヤルしたが、先方の電源は切られていた。とりあえず、矢内を揺さぶることができた。一連の事件に関与していれば、何らかのリアクションを起こすにちがいない。

最上は、岩佐の自宅に電話をかけた。

受話器を取ったのは、若い男だった。故人の身内だろう。

最上は岩佐の旧友を装って、通夜と告別式の日取りを訊いた。きょうが通夜で、告別式は明日だった。

最上はいったん電話を切ると、私立探偵の泊に連絡をとった。

「また、あんたに仕事を回してやるよ」

「それはありがたいな。今度は何をやればいいんです?」

「きのう、岩佐諭が目黒のリース・マンションの浴室で殺されたことは知ってるな?」

「ええ、テレビのニュースを観《み》ましたんでね」

「通夜と告別式に顔を出す弔問客《ちょうもんきゃく》のすべてをビデオ・カメラか、デジタル・カメラで隠し撮りしてもらいたいんだ」

「お安いご用です。で、謝礼のほうは?」

「二十万出そう」

泊が問いかけてきた。

「前回の謝礼、半分しか貰ってませんが……」

「今回の謝礼と一緒にまとめて払うよ」

最上は通夜と告別式の日時を伝え、ポケットフォンの終了キーを押した。紫煙をくゆらせてから、代貸の亀岡に電話をする。

「亀さん、広尾のイワノフの自宅に貼りついてくれないか」

「合点でさあ。イワノフが外出したら、尾行すりゃいいんですね？」

「ああ。亀さん、イワノフが接触した人物の正体も探ってほしいんだ」

「わかりやした」

「いつも同じことを言うが、着流し姿は目立つから……」

「若、わかってまさあ。それはそうと、砂色の髪をしたロシア人を見かけたら、どうしましょう？　取っ捕まえて、組事務所に連れ込みやしょうか？」

「その男はビクトルというんだが、おそらく姿を見せないだろう」

「どうしてです？」

亀岡が訊いた。最上は前夜の出来事を話した。

「そんなことがあったんですかい⁉　若、あまり無茶をやらねえでくだせえ。なんたって三代目組長なんですから」

「わかってるよ」

「若に右腕を撃たれてるんでしたら、ビクトルって奴、都内の外科医院にこっそり入院してるんじゃねえのかな。もちろん、ドクターに警察《サツ》には黙っててくれって袖の下を使ってね。闇治療をやってる病院はそう多くねえから、その気になりゃ、入院先は突きとめられまさあ。ビクトルを拉致《らち》して、とことん痛めつけりゃ……」

「亀さん、そこまでやってくれなくてもいいんだ。ビクトルは手強《てごわ》い男だからな」

「それを聞いちゃ、引き下がれませんや」

「亀さん、子供っぽい張り合い方はやめなよ。とにかく、そこまでやってもらう必要はないんだ」

「わかりやした。それじゃ、あっしはこれから広尾に向かいまさあ」

亀岡が通話を打ち切った。

最上は、またもや煙草に火を点けた。菅沼が検事調室に戻ってきたのは、数十分後だった。

「オフ・ブラックのクラウンを借りてきました。レンタカーはボルボの並びに駐《と》めてあります」

「悪かったな」

「いいえ、どういたしまして。これが鍵《キー》です」

「ありがとう」

最上はレンタカーの鍵《キー》を受け取った。菅沼が一礼し、検事調室から出ていった。最上は恋人の玲奈に電話をかけ、これまでの経過をつぶさに話した。

「その矢内って男、怪しいわね。僚さんが揺さぶりをかけたんだったら、きっと動き出すと思うわ」

「おれも、それを期待してるんだ。ところで、元首相の小橋善太郎が矢内に現閣僚の暗殺を依頼したんだろうか。矢内は岩佐に橋渡しを頼んで、イワノフを動かした。そう推測できるんだが、きみはどう思う？」

「大筋は間違ってないんじゃない？　少なくとも、例の中岡昌臣は黒幕じゃないわね」

「おれも、そう思うよ。ただ、果たして小橋が首謀者なのかどうか」

「何かすっきりしないみたいね？」

「ああ、ちょっとな。小橋は最大派閥の親玉だ。泉田内閣のメンバーが二人も暗殺されたとなったら、誰もが小橋善太郎を疑いたくなる」

「ええ、そうね」

「ただ、策士的な側面を持ってる小橋が、そんな見え見えの謀略を思いつくだろうか。もしかしたら、第三者が小橋派の犯行に見せかけて、福井官房長官と海野厚生労働大臣を葬ったとも……」

「言われてみると、そういう推測もできるわね。だけど、具体的に第三者が誰かとなると、すぐには思いつかないんじゃない？」

「そうだな。野党は揃《そろ》って現政権の早期解散を望んでるようだが、ロシアのマフィアどもとつながってそうな国会議員はいないだろう」

「それは多分、いないでしょうね」

「となると、やっぱり与党関係者か。泉田内閣は三政党の議員で構成されてるが、主流は保守第一党の民友党だ。光盟党や日本保守党の閣僚たちは、いわば〝お飾り〟みたいなもんだよな？」

「ええ、そうね。選挙で民友党と協力態勢をとった返礼として、何人かの光盟党議員と日本保守党議員が入閣させてもらったって感じだから。あっ、そうか！」

玲奈が急に大声を出した。

「何か思い当たったんだな？」

「ええ、ちょっとね。光盟党は巨大な新宗教教団を選挙母体にしてるけど、いまのままでは舵取《かじ》りはさせてもらえない。そこで、民友党系大臣の数を減らしたくて、暗殺計画を練ったんじゃないのかしら？」

「そんなことをしても、なんの意味もないよ。たとえ民友党系の大臣が何人殺されたとしても、それぞれの後釜には同じ党の国会議員が坐るはずだ。それに確か海野厚生労働大臣は光盟党の議員だぜ」

「あっ、そうか。巨大教団が泉田政権を崩壊に導いても、何もメリットはないわけね？」

「そういうことになるな。とにかく、矢内敬之に貼りついてみるよ」

最上は電話を切ると、検事調室を出た。

廊下を歩きだして間もなく、前方から馬場部長がやってきた。

「きょうから仕事に戻ったんだな？」

「ええ、そうです」

「きみは何かこそこそ探偵めいたことをしてるんじゃないのか？　だったら、いっそ検事をやめて、探偵になったらどうかね？」

「いや、検事は辞めません。この職場は居心地がいいし、部長も尊敬できる方ですから」

最上は皮肉たっぷりに言って、エレベーター乗り場に急いだ。

一階に降り、駐車場に向かう。最上はボルボの車内から必要な物を取り出し、レンタカーに移した。

オフ・ブラックのクラウンは割に新しかった。製造されて、まだ二年は経っていないだろう。

最上は変装用の黒縁眼鏡をかけてから、レンタカーを発進させた。検察庁合同庁舎の斜め前に、覆面パトカーが見えた。

だが、二人の刑事はクラウンの運転者が最上だと気づかなかった。最上はほくそ笑んで、世田谷の尾山台に車を向けた。

矢内の自宅を探し当てたのは、小一時間後だった。

高級住宅街の一画にあった。敷地は広く、鉄筋コンクリート造りの二階家も大きい。

最上は矢内邸の門とガレージを見通せる場所にレンタカーを停めた。人は、めったに通りかからない。

最上はシートの背凭《せもた》れをいっぱいに倒し、上体を預けた。

いたずらに時間が流れた。

ガレージからマセラッティが滑り出てきたのは、午後四時半ごろだった。薄茶の高級イタリア車のステアリングを握っているのは、矢内自身だ。

助手席には、妻のエスカリーナが坐っていた。

週刊誌の記事中《なか》写真よりも、はるかに美しい。夫婦は、ともにカジュアルな服装だった。

最上は、マセラッティを追った。

矢内の車は閑静な邸宅街を走り抜けると、二子玉川《ふたこたまがわ》にある有名なデパートの駐車場に入った。

少し間を取ってから、最上もクラウンを駐車場に進めた。

矢内夫妻はブランド品を数点買い、地下食料品売場でデリカテッセンと赤ワインを求めた。二人は買い物を済ませると、まっすぐ帰宅した。

最上は苦笑して、同じ場所で張り込みを再開した。残照が消え、あたりが暗くなった。

矢内は家の中にこもったきり、いっこうに出てこない。美人妻とワインを傾けながら、デリカテッセンを突ついているのかもしれない。

イワノフの自宅に貼りついている亀岡からも何も連絡はない。きょうは無駄骨を折ることになるのか。

綿引刑事から電話がかかってきたのは、午後八時数分前だった。

「最上検事殿、今夜どうしてもお目にかかりたいんです。なんとか都合をつけていただけないでしょうか？」

「何か大きな手がかりを掴んだんですね？」

「ええ。わたしの勘は、まったく外れてました。意外な人物が要人暗殺にタッチしてるかもしれないんです」

「そいつは誰なんです？」

「お目にかかったときに、お教えします。わたしは渋谷駅の近くにいるんですが、最上検事殿はどちらに？」

「世田谷の尾山台二丁目にいます」

「矢内敬之の自宅を張り込んでるんですね？」

「綿引《ワタ》さん、矢内のことを知ってるのか!?」

最上は驚いた。

「ええ。矢内は、一連の事件の鍵を握ってる人物です。検事殿、不用意に矢内に接近するのは危険です。八時半ごろ、三軒茶屋《さんげんぢゃや》あたりで落ち合えますか？」

「いいですよ。待ち合わせの場所を決めてください」

「それでは、玉川通りと世田谷通りの分岐点のあたりで……」

綿引が急に言葉を途切らせ、苦しげに呻いた。

最上は幾度も呼びかけた。だが、綿引の返事はなかった。ほどなく不意に電話が切られた。

（綿引《ワタ》さんは犯人グループの一員に襲われたにちがいない）

最上は、そう直感した。すぐに禍々《まがまが》しい予感が胸を領した。

綿引の居場所は正確にはわからない。たとえ居場所がわかったとしても、渋谷まで数十分はかかる。その間に綿引は連れ去られてしまうだろう。

（なんてことだ）

最上は拳《こぶし》でステアリングを打ち据えた。

2

マセラッティがガレージから出てきた。

運転席の矢内は、黒っぽいスーツを着ていた。午後九時過ぎだ。ひとりだった。

（奴は岩佐の通夜に顔を出す気なのかもしれない）

最上はレンタカーで、矢内の車を尾行しはじめた。

マセラッティは環状八号線に出ると、砧《きぬた》公園を回り込み、世田谷通りに入った。成城一丁目で右折し、小田急線の成城学園前駅方向に進んだ。

どうやら勘は正しかったようだ。

最上は細心の注意を払いながら、マセラッティを追尾《ついび》しつづけた。やがて、矢内の車は岩佐邸のある通りに入った。

岩佐の自宅の前には、十台前後の車が縦列に並んでいた。

矢内は岩佐邸の五十メートルほど手前で路肩に寄せた。最上はマセラッティの三十メートルあまり後方に停め、手早くヘッドライトを消した。

そのとき、矢内が高級外車から降りた。大股で岩佐邸に向かった。

最上は矢内が邸内に吸い込まれてから、クラウンを降りた。路上に駐《と》められた車に沿って岩佐の自宅まで歩を運んだ。

邸内から抹香《まっこう》の臭いが漂ってくる。門扉は大きく開かれ、葬儀社の社員たちが通夜の客の案内をしていた。

最上は通行人を装いながら、邸内を覗き込んだ。もう矢内の姿は見えなかった。

岩佐邸を行き過ぎると、暗がりから泊がぬっと現われた。目立たない服装をしていた。

「ちゃんと盗み撮りしてくれてるな？」

「ええ、大丈夫です。弔《とむら》い客をひとりずつデジタル・カメラに収めました。もう四十人以上は撮ったと思うな」

「弔問客の中に意外な人物はいなかったか？」

最上は小声で問いかけた。

「一時間ほど前に、元首相の小橋善太郎の秘書が弔問に訪れましたよ。でっかい果物の盛り合わせ籠《かご》を抱えてね」

「死んだ詐欺師は、小橋に政治献金をしてたんだろうか」

「そうなのかもしれないですね。まさか元首相自身が通夜の席に顔を出すわけにはいかないんで、秘書を来させたんでしょう」

「ほかに政治家の代理の者は？」

「ずっと門の前に立ってたわけじゃないんですが、そういう弔い客はいませんでしたね」

「そうか。外国人は？」

「ひとりも見かけませんでした」

「そう」

「こんなときになんですが、前回の半金と今回の謝礼を払ってもらえませんかね？　例によって、金がないんですよ」

泊が禿《は》げ上がった頭を掻いた。最上は苦笑し、求められた金を払った。

「ありがとうございます。旦那のおかげで、ホームレスにならなくて済みそうです」

「明日の告別式の列席者もちゃんと撮影してくれよ」

「ええ、わかってます。ところで、旦那は誰かを尾《つ》けてたんじゃありませんか？　もしかしたら、マセラッティを運転してた紳士かな？」

「まあな」

「あの男、何者なんです？」

「あんたには関係ないことだろうが」

「それはそうですが、なんとなく気になったんでね」

「それで、こないだと同じように悪い仲間とつるんで、おれを罠に嵌《は》める気なんじゃないのか。え？」

「もういじめないでくださいよ。その件では、わたし、心から反省してるんですから」

泊は、きまり悪そうだった。

「ま、いいさ」

「旦那、わたしがマセラッティの男を尾行しましょうか？　サービスで結構ですよ」

「あんたは、ここでしっかり撮影してくれりゃいいんだ。それじゃ、頼んだぜ」

最上は冴《さ》えない私立探偵に言って、レンタカーに戻った。

運転席に入ると、セブンスターに火を点けた。岩佐や矢内を操っていたのは、小橋元首相なのか。泉田内閣の閣僚を次々に暗殺させる気でいるとしたら、小橋善太郎は血迷ってしまったのだろう。

要人暗殺で最も疑われる立場にあるのは、彼自身だ。策士の小橋がそのような愚《おろ》かなことをするものだろうか。

最上はそう考えながら、短くなった煙草を灰皿の中に突っ込んだ。

そのすぐあと、上着の内ポケットで携帯電話が打ち震えた。最上はポケットフォンを摑み出し、耳に押し当てた。

「ぼくです」

菅沼だった。

「なんだか慌ててるな」

「ついさきほど八雲雅裕《やぐもまさひろ》防衛庁長官が日比谷の帝都ホテルの玄関前で射殺されました。ＳＰが犯人の腰を撃って、緊急逮捕したそうです」

「犯人は？」

「ロシア人の若い男だそうですが、完全黙秘してるようです。おそらく極東マフィアの一員なんでしょう」

「そいつは、ほぼ間違いないだろう。これで、泉田内閣の閣僚が三人抹殺されたことになるな」

「ええ、そうですね。そうして大臣たちがひとりずつ殺《や》られて、最後は泉田総理が暗殺されるんでしょうか？」

「そうなのかもしれない。それはそうと、綿引《ワタ》さんの身に危険が迫ってるんだ」

最上は、綿引が電話中に暴漢に襲われたことを話した。

「イワノフの子分に拉致されたんじゃありませんかね？」

「おそらく、そうなんだろう。綿引《ワタ》さんのことだから、なんとか危機を脱せられると思うが……」

「ぼくもそれを祈ってますが、拉致犯がロシアのマフィアだとしたら、最悪なことにもなりかねませんね？」

「綿引《ワタ》さんの安否《あんぴ》が気がかりなんだが、動くに動けないんだ」

「確か最上検事は、綿引さんの携帯のナンバーをご存じでしたよね？　電話されてみたんですか？」

「もちろん、何度もかけたさ。しかし、ずっと電源は切られっ放しなんだ」

「渋谷周辺の捜索依頼をしても、もう手遅れですかね？」

「綿引《ワタ》さんは、とうに遠い場所に連れ去られてるだろう」

「最上検事、綿引刑事はイワノフの自宅に連れ込まれたんじゃないでしょうか？」

「奴らは犯罪のプロたちだ。ボスに嫌疑がかかるようなことはしないさ」

「そうか、そうでしょうね」

「何も救出の手立てがないんだよ」

「もどかしいですね」

菅沼が口を結んだ。

最上は暗い気持ちで電話を切った。それから一分も経たないうちに、岩佐邸から矢内が姿を見せた。

ロシアびいきの実業家はマセラッティに乗り込むと、すぐに発進させた。最上は、尾行を再開した。

マセラッティは来た道を逆にたどりはじめた。まっすぐ帰宅すると思われたが、矢内の車は自宅を通過した。

停まったのは、田園調布の豪邸の前だった。

最上はマセラッティの数十メートル後ろにレンタカーを停め、すぐにヘッドライトを消した。

矢内が車を降り、豪邸の門柱の前に立った。

インターフォンを鳴らし、短い遣り取りを交わした。それから、矢内は邸内に吸い込まれた。

最上はレンタカーを降り、ひときわ目立つ邸宅に歩み寄った。

表札を仰《あお》ぐ。石上隆一《いしがみりゅういち》と記されている。

石上は民友党のタカ派国会議員だが、どの派閥にも与《くみ》していない。一匹狼的な存在だった。本音をずばずばと口にし、物議をかもしたことが何度かある。七十歳になったはずだが、まだ若々しい。この豪邸は石上の自宅なのだろう。

最上は車の中に戻って、紫煙をくゆらせはじめた。

小橋元首相は、個性の強い石上を次期の総理大臣に担《かつ》ぎ出す気になったのか。マスコミ報道によると、石上も首相の座にまんざら色気がないわけではなさそうだ。

そのせいかどうか、最近は極論を声高《こわだか》に叫ぶことは少なくなった。人々の反感を買うような暴言を吐くことも控えている。

そうしたことを分析すると、石上が総理大臣のポストを狙いはじめているとも受け取れる。しかし、小橋が率《ひき》いる最大派閥の幹部たちの中には、独善的でワンマン・タイプの石上を嫌っている者もいた。

それ以前に、小橋と石上は必ずしも仲が良くない。それでも小橋は石上を取り込み、後押しをする気になったのか。

政治家は程度の差こそあれ、曲者《くせもの》ばかりだ。野心や打算を優先し、実に変わり身が早い。双方の利害が一致すれば、きのうまで敵だった者とも平気で手を組む。それが政治の世界なのだろう。

三十分が過ぎても、矢内は石上邸から出てこない。どうやら長居しそうだ。

最上は張り込んでいるうちに、また綿引の安否が気がかりになった。悪い予感も胸に横たわったままだ。

(このまま何も手を打たないのは、あまりにも情がなさすぎる。綿引《ワタ》さんがイワノフの自宅に連れ込まれたとは思えないが、広尾に行ってみるか。イワノフを痛めつければ、監禁場所を吐くかもしれないからな)

最上はヘッドライトを点け、レンタカーを走らせはじめた。亀岡には、だいぶ前に張り込みを切り上げさせていた。

三十分そこそこで、イワノフの自宅に着いた。門灯が点き、家の窓も明るかった。

最上はグローブ・ボックスからマカロフPbを取り出し、腰の後ろに挟んだ。

残弾は、たったの一発だった。敵の牙城に乗り込むには、いささか心許《こころもと》ない。しかし、ここまで来て怖じ気づくわけにはいかなかった。

最上は自分を奮《ふる》い立たせて、勢いよく車を降りた。

イワノフ邸の門の近くには、防犯ビデオ・カメラが設置されていた。蔦《つた》の絡まる石塀の端に立ち、拾い上げた小石を庭の中に投げ込む。

警報ブザーは鳴らなかった。塀の上には、センサーは張り巡らされていないようだ。

最上は石塀をよじ登って、敷地内に飛び降りた。うずくまり、息を殺す。洋館は静まり返ったままだった。

最上は抜き足で洋館に近づいた。

テラスに達した瞬間、急に庭園灯が瞬《またた》いた。四灯だった。あたりが真昼のように明るくなった。

(危《ヤバ》い!)

最上は庭の隅に走った。

そのとき、居間から二人のロシア人らしい男が飛び出してきた。どちらも、サイレンサー・ピストルを握っていた。

「おれは押し込み強盗じゃない。矢内さんの代理の者だ」

最上は言い繕《つくろ》った。すると、片方の男がたどたどしい日本語で言った。

「おまえ、嘘つき！　無断で、ここに入ったね。そうだろ？」

「インターフォンを押したんだが、鳴らなかったんだ」

「怪しいよ、おまえ」

もうひとりの男が言い、マカロフPbの引き金に深く指を絡めた。

最上は身を翻《ひるがえ》し、石塀に向かって駆けはじめた。すぐに背後で、空気の洩れる音がした。発射音だ。

放たれた銃弾は、最上の足許に着弾した。

土塊《つちくれ》が高く舞い上がった。

最上は肩から転がった。一回転し、腰の後ろからサイレンサー・ピストルを引き抜く。スライドを引き、追ってくる男たちの片方の膝を撃った。

被弾した男が呻いて、その場にうずくまった。

と、もうひとりの白人が連射してきた。

最上は身を伏せた。

すぐ目の前の地面に弾がめり込み、衝撃波が頭髪を薙《な》ぎ倒した。耳の近くにも九ミリ弾が通り抜けていった。最上は一瞬、聴覚を失った。

マカロフの引き金を絞りつづけた男が何か毒づいた。

最上は顔を上げた。男は空になった弾倉《マガジン》を銃把から抜き落とし、上着のポケットを探った。予備のクリップを出す気なのだろう。

最上はサイレンサー・ピストルを男に投げつけ、石塀まで突っ走った。ひとまず逃げなければ、体に九ミリ弾を何発も撃ち込まれることになる。

「おい、おまえ！」

男が大声を張り上げ、マカロフPbを両手で保持した。

(撃たれてたまるかっ)

最上は石塀を乗り越え、レンタカーに飛び乗った。

急発進させる。イワノフ邸が瞬《またた》く間に遠のいた。

(綿引《ワタ》さん、勘弁してくれ)

最上は心の中で詫びながら、さらに車の速度を上げた。

3

デジタル・カメラをテレビに接続した。

自宅の居間である。イワノフ邸に忍び込んだ翌日の午後三時過ぎだった。

最上は十数分前に自宅マンションの近くで泊からデジタル・カメラを受け取り、自宅に戻ったのだ。

画面に通夜の弔問客たちの姿が映し出された。気になる人物は撮られていない。引きつづき、終わったばかりの告別式の画像を観る。

列席者に怪しい人物は見当たらない。最上は、花輪の贈り主の名を順ぐりに確かめた。石上代議士や小橋元首相の名はなかった。矢内の花輪はあった。その隣に並んでいる花輪の名を見て、最上は思わず身を乗り出した。

名札を見直す。

やはり、大河原泰道《おおがわらやすみち》と記されていた。政商として知られた人物と同姓同名だ。ありふれた姓ではない。

花輪の贈り主は、当の本人だろう。大河原は政界工作で大金をばらまき、裏で政界を牛耳《ぎゆうじ》っている怪物だ。もう八十三歳だが、矍鑠《かくしやく》としている。

大河原は民友党の御意見番として、各派閥に睨みを利かせている。泉田首相の後見人と目されていたが、最近は内閣とやや距離を置いているようだ。

最上は、大河原が石上を目にかけていることを思い出した。国防に関する二人の考え方は、ほぼ一致していた。

大河原は、空回りしている泉田政権に見切りをつけ、石上代議士を総理大臣に担《かつ》ぎ出す気になったのではないか。

考えられないことではない。大河原は、最大勢力の顔色をうかがいはじめた泉田首相を早く退陣させないと、民友党が政権政党でいられなくなるという危惧《きぐ》を懐《いだ》いたのではなかろうか。

しかし、泉田はいまも強気の姿勢を崩していない。

大河原は焦《あせ》りを深め、閣僚の暗殺を思いついたのではあるまいか。日本の裏社会の人間を実行犯に使うと、陰謀が露見しやすい。

そこで、旧知の矢内敬之に協力を求め、極東マフィアを実行犯に選んだのではないか。そうだとすれば、大河原と矢内には接点があるはずだ。

最上は画像を消すと、キャビネットの中から紳士録を取り出した。大河原泰道事務所の電話番号を調べ、すぐにタッチ・コール・ボタンを押した。

待つほどもなく年配の女性が受話器を取った。

「毎朝日報の者です」

「ご用件は？」

「来月から『政財界人秘書物語』というシリーズ・コラムがスタートするんですが、大河原さんに仕《つか》えてきた秘書の方々を取材させてもらいたいんですよ」

「ええ、どうぞどうぞ。秘書は縁の下の力持ちのような存在ですから、たまには陽《ひ》を当ててやりませんとね」

「そうですね。手許《てもと》に歴代の秘書の方たちの資料があるんですが、矢内敬之という方の経歴が抜け落ちてるんですよ」

「あのう、矢内君は秘書ではありません。二十代のころに大河原の家に住み込んで、書生のようなことをしてたんです。本人は政治家志望だったようですが、文学青年っぽいとこがあったんで、大河原がそれとなく引導《いんどう》を渡したんですよ」

「書生さんだったのか」

「ええ、そうです。彼は方向転換して、正解だったんじゃないかしら？　しばらくロシア語の翻訳や通訳をやってたんですけど、親の遺産を元手にして事業家に転身したんです。ハバロフスクに水産会社と石油会社の合弁会社をこしらえて、大きなビジネスをしているみたいですよ」

「そうなんですか」

「大河原は、いまでも彼のことを目にかけてるんですよ。矢内君のほうも、大河原を父親のように慕《した》ってるんです」

「なかなかいい話だな」

「彼は年上の方たちにかわいがられてるの。石上代議士なんかも、彼のことを弟のように思ってるみたいですよ」

「そうですか。それでは、改めて取材の申し込みをさせていただきますので、ひとつよろしくお願いします」

最上は電話を切り、にんまりと笑った。

これで、大河原、石上、矢内が一本の線でつながった。すでに矢内、岩佐、イワノフの関係は割れている。

(怪物の大河原が三人の閣僚を暗殺させた疑いが濃くなってきたが、岩佐が正岡と花水百合香のスキャンダルで二億円を脅し取ろうとしたのはなぜなのか)

最上は考えはじめた。

大河原はバブル全盛期まではホテル王と呼ばれていたが、いまは個人資産がだいぶ少なくなっている。そこで大物政商は矢内に命じて、極東マフィアに払う殺しの報酬を岩佐に調達させたのだろうか。

いくらなんでも大河原が薄汚い詐欺師にわざわざ借りを作るような真似はしないだろう。目をかけている矢内は、かなりリッチそうだ。

仮に大河原が要人暗殺の成功報酬を工面《くめん》できなかったとしても、矢内が資金の提供を申し出るにちがいない。また、石上代議士が次期の総理大臣の椅子を切実に欲しがっているとしたら、黙っているわけはないだろう。

そう考えると、岩佐が政治評論家と人気女優から二億円の口留め料をせしめようとしたのは個人的な恐喝に過ぎなかったようだ。東都医大に裏口入学の〝窓口〟を作ろうとしたことも、岩佐の私欲だったと思われる。

おそらく岩佐は矢内に極東マフィアたちを紹介することで恩を売り、今後のダーティ・ビジネスを有利に進める気だったのだろう。

しかし、矢内や大河原のほうが一枚上手だった。そのため、秘密を握っていた岩佐はイワノフの手下に葬られたのだろう。

イワノフにしても、小物の岩佐と組むよりは、矢内と手を結んだほうがはるかにメリットがある。悪党どもが考えそうなことだ。

最上は長椅子に腰かけ、綿引の携帯電話をコールした。

やはり、電源は切られたままだった。最上は朝から五、六度、警視庁捜査一課に電話をかけている。だが、綿引は登庁していなかった。本人から職場には、なんの連絡も入っていないという話だった。

（綿引《ワタ》さん、生きててくれ）

最上はそう祈りながら、外出の準備に取りかかった。きょうも矢内を尾行し、決定的な証拠を摑みたいと考えていた。

ほどなく最上は部屋を出た。

きのうと同じレンタカーに乗り、尾山台二丁目に向かった。矢内邸に着いたのは、四時半ごろだった。

ガレージには、マセラッティが納められている。矢内の自宅はオフィスを兼ねているようだった。

最上は前日と同じ場所にクラウンを停め、そのまま張り込みに入った。

検察事務官の菅沼から電話がかかってきたのは、五時数分過ぎだった。

「最上検事、綿引刑事が……」

「菅沼君、何があったんだ？」

「綿引さんの水死体が隅田川《すみだがわ》で発見されました。収容されたのは、向島《むこうじま》の白鬚橋《しらひげばし》から数百メートル下ったあたりだそうです」

「なんてことなんだ」

最上の視界が翳《かげ》った。一瞬、目に映っている物が色彩を失った。

「綿引刑事は麻酔注射をうたれてから、隅田川に投げ込まれたようです。遺体は向島署に安置されてるそうです」

「収容されたのは何時ごろだって？」

「きょうの午後四時ごろだという話でした。死亡推定時刻は、けさ未明だろうとのことでした。死因は溺死です」

「半ば予想してたことだが、ショックだよ。頭の中《なか》が真っ白になって何も考えられない」

「ぼくも同じです。所轄署に出向いて、詳しい情報を入手してきましょうか？」

「向島署には、おれが行く。報《しら》せてくれて、ありがとう」

最上は張り込みを切り上げ、クラウンを走らせはじめた。

すぐに涙で目がぼやけた。ありし日の綿引の姿が走馬灯《そうまとう》のように脳裏に浮かんだ。悲しみは深かった。

(孤高の刑事だった綿引《ワタ》さんはプライドをかなぐり捨てて、おれに協力を求めてきた。しかし、おれは何も手助けしてやれなかった。それどころか、結果的には綿引《ワタ》さんを見捨てる形になっちまった)

最上は運転しながら、自分の力のなさを呪《のろ》った。情けなかった。

陰謀を暴《あば》くことでしか、綿引の霊は慰められないだろう。最上は命懸けで事件解明に乗り出す決意を固めた。

涙はなかなか止まってくれない。

最上は幾度も手の甲で瞼を擦《こす》りながら、先を急いだ。向島署に着いたのは、およそ一時間後だった。

最上は一階の受付カウンターで身分を明かし、地下の死体安置所に案内してもらった。案内に立ってくれたのは、二十代後半の刑事だった。

ひんやりとする部屋には、線香の煙がたなびいていた。若い刑事が亡骸《なきがら》に歩み寄り、顔面を覆った白い布をそっと捲《めく》った。

最上はストレッチャーに近づいた。

故人の顔はむくんだように腫《は》れ上がっている。苦しげな死顔だ。首筋のあたりは汚れていた。

川の泥がこびりついているのだろう。

最上は瞼を閉じ、合掌した。悲しみと憤《いきどお》りが縺《もつ》れ合いながら、胸底から迫《せ》り上がってきた。涙も込み上げそうだった。

最上は奥歯を強く嚙みしめ、辛《かろ》うじて涙を堪《こら》えた。合掌を解くと、若い刑事が辛《つら》そうに告げた。

「剃刀《かみそり》の傷が十数カ所ありました。麻酔注射をうたれる前に、被害者は拷問されたんでしょう」

「ひどいことをしやがる」

「検事さんは、被害者が担当していた事件の再捜査をさせてらっしゃったんですか?」

「そうじゃないんだ。故人とは個人的なつき合いをしてたんだよ」

「そうですか。かつて本庁にいた先輩の話によると、綿引さんは腕っこきの刑事だったそうですね?」

「ああ、優秀な刑事だったよ。その気になれば、もっと出世できたんだろうが、現場の仕事が大好きだったんだ。妥協を嫌い、法網《ほうもう》を巧《たく》みに潜《くぐ》り抜けてる連中に手錠《ワッパ》打つことを生き甲斐《がい》にしてた。男が惚れるような好漢だったよ」

「そうですか。刑事の鑑《かがみ》のような方が亡くなるなんて惜《お》しいですね?」

「まったくな。ところで、捜査状況はどうなんだろう?」

「隅田川の数キロ上流附近で、けさ未明に不審な外国人の男たちが目撃されてます」

「何人だったんだい？」

「二人です。どちらも白人で、寝袋を重そうに抱えてたというんです。おそらく寝袋の中には、麻酔で眠らされた被害者が……」

「そうだったんだろう。綿引刑事の所持品は？」

「えーと、財布、名刺入れ、警察手帳、ハンカチですね」

「携帯電話は？」

「いいえ、持っていませんでした」

「カメラやテープ・レコーダーの類《たぐい》は？」

「そういう物も所持していませんでした」

「そう。綿引刑事は司法解剖に付されるんだね？」

「はい。明日の午前中に東大病院で……」

「そうか」

「もうホトケさんの顔を覆ってもかまいませんか？」

「わたしが掛けよう」

最上は亡骸の枕許に回り込んだ。若い刑事が少し退がった。

（綿引《ワタ》さん、きっちり決着《オトシマエ》はつけるよ。だから、どうか成仏《じようぶつ》してください）

最上はもう一度手を合わせてから、白布で死者の土気色《つちけいろ》の顔面を隠した。

「被害者は独身だったんですね？」

「ああ。それが何か？」

「奥さんやお子さんがいたら、苦労されるだろうと思ったんです。個人的なことですが、わたし、六歳のときに父親を亡くしたんですよ。病死だったんですけどね」

「それじゃ、大変だったろうな」

「わたしたち子供の苦労はたいしたことなかったんですが、母親は大変だったと思います。遺《のこ》された二人の子を育てるために、それこそ働きづめでしたからね。昼間は事務の仕事をやって、夜はレストランの皿洗いをしてたんです。そのおかげで、兄とわたしは大学まで通わせてもらえたんです」

「せいぜい親孝行をするんだね」

「はい」

若い刑事が快活に答えた。すぐに彼は悔《く》やむ顔つきになった。場所柄を弁《わきま》えなかったことに気づいたのだろう。

「お世話さま！」

最上は死体安置所を出て、向島署を出た。

駐車場のクラウンに乗り込んだとき、玲奈から電話がかかってきた。

「裏捜査が難航してるようだったら、気分転換にワイン・バーにでも行ってみない？」

「それどころじゃないんだ」

「何があったの？」

「綿引《ワタ》さんが殺された……」

最上は詳しい話をした。

「あの綿引さんが死んだなんて、とても信じられないわ」

「おれだって、まだ信じられない気持ちだよ。向島署で変わり果てた綿引《ワタ》さんと対面してきたんだが、まだ実感が湧いてこないんだ」

「当分、辛いわね。僚さんは、綿引さんと波長が合ってたようだから」

「年上の親しい友人を亡くしたような気分だよ」

「そうでしょうね。ねえ、どこかで会わない？　こんな夜は、誰かと一緒のほうがいいと思うの。独りぼっちでいると、気が滅入《めい》るだけでしょ？」

玲奈が言った。

「余計な気を遣わせちゃって、悪いな。せっかくだが、綿引《ワタ》さんの自宅マンションに行ってみたいんだ」

「何か綿引さんの部屋に手がかりが残されてるんじゃないかってことね？」

「そう。すでに捜査員が室内をチェックして、めぼしい物は資料として持ち去ってると思うが……」

「わかったわ。気持ちが落ち着いたら、電話して」

「そうするよ」

最上は通話を打ち切り、クラウンを走らせはじめた。

綿引が住んでいた賃貸マンションは、中野区内にある。最上は一度だけ部屋を訪ねたことがあった。綿引は鳥取県の出身だった。

首都圏に縁者が住んでいるという話は聞いていない。まだ身内の者は、彼のマンションにはいないだろう。

最上は最短コースを選んで、上高田《かみたかだ》三丁目に急いだ。

綿引の自宅マンションに着いたのは、八時数十分過ぎだった。最上はマンションの横にレンタカーを駐《と》め、綿引の部屋に向かった。

五〇一号室だ。

最上は万能鍵を使って、ドアのロックを外した。室内は暗かったが、電灯のスイッチは入れなかった。

最上は靴を脱いでから、ライターの火を点けた。

小さな炎を翳《かざ》して、ダイニング・キッチンを見回す。

食器棚と冷蔵庫が並び、二人用のダイニング・テーブルが置かれている。流し台の横に懐中電灯があった。赤い消火器も見える。

最上は懐中電灯を手に取ると、ライターの炎を消した。懐中電灯の光で足許を照らしながら、奥の部屋に入る。

八畳ほどの広さの洋室だった。右の壁側にシングル・ベッドと洋服箪笥が置いてあった。ベランダ側のサッシ戸は厚手のカーテンで塞《ふさ》がれている。左側の壁際にはテレビ、ＣＤミニ・コンポ、パソコン・デスク、本棚が並んでいた。

最上はパソコン・デスクに歩み寄った。

フロッピーディスク・ケースは見当たらなかった。向島署の刑事が捜査資料として持ち帰ったのだろう。

最上は本棚の前に移った。法律書と犯罪心理学関係の書物が大半で、文芸書と山岳写真集が数冊あるだけだ。

最上は胡座《あぐら》をかき、本棚から一冊ずつ書物を引き抜いた。しかし、一連の事件に関わりのありそうなメモや写真は見つからなかった。

ベッドの下の引き出しの中を検《しら》べてみたが、徒労に終った。最上はダイニング・キッチンに戻り、洗面台の下を覗《のぞ》き込んだ。やはり、手がかりは得られなかった。

浴室や手洗いも覗いたが、結果は虚《むな》しかった。

最上はベッドのある部屋を通り抜け、ベランダに出た。綿引が使っていたサンダルを突っかけ、ベランダの隅々《すみずみ》まで目をやった。白いプランターがあるだけで、何かを隠せる物はなかった。

部屋の中に戻ろうとしたとき、玄関ドアの開く音がした。

最上は屈み込み、半開きのサッシ戸をぴたりと閉めた。室内で足音が響き、照明が灯《とも》った。

それから間もなく、何か液体を撒《ま》く音がした。ほんのかすかだが、灯油の臭いが鼻腔に滑り込んできた。

（敵が綿引《ワタ》さんの部屋に火を放つ気だな）

最上はサッシ戸を勢いよく開けた。ベッドのそばには、二人のスラブ系の男が立っていた。

ひとりはビクトルだった。もう片方の若い男は赤いポリ・タンクを抱えていた。ビクトルが懐に手を入れた。

最上はビクトルに懐中電灯を投げつけた。それは、ビクトルの顔面に当たった。

ビクトルの子分らしい男が灯油の入ったポリ・タンクを投げ捨て、ターボ・ライターに火を点けた。

ターボ・ライターが床に落とされた。

次の瞬間、鈍い着火音が響いた。炎が床を這いはじめた。

ビクトルがロシア語で若い男に何か言った。若い男が大きくうなずいた。二人は玄関に向かって走りはじめた。

「待ちやがれ！」

最上はサンダルを履《は》いたまま、部屋の中に飛び込んだ。

炎は勢いを増していた。このままでは部屋は焼け焦げてしまう。

（ビクトルたちを追うのは諦めよう）

最上はダイニング・キッチンに走り、消火器を掴み上げた。

ベッドのある部屋に戻り、消火器のノズルをフックから外す。レバーを強く握ると、ノズルから消火液が噴き出しはじめた。

最上はノズルを床に向け、噴霧を撒いた。

ほどなく火は鎮《しず》まった。最上は、ひとまず安堵した。

4

邸内からエスカリーナが現われた。

矢内の妻だ。エスカリーナは洒落た自転車を押している。近くのスーパーに夕食の食材を買いに出かけるのだろう。

最上はミラーを見た。

綿引刑事が殺された次の日の午後四時過ぎだ。助手席には、代貸の亀岡が坐っている。

エスカリーナがシャンパン・ゴールドの自転車に打ち跨《またが》り、ペダルを漕《こ》ぎはじめた。

最上はボルボを発進させた。エスカリーナの自転車を追い抜き、すぐハンドルを左に切った。

エスカリーナが自転車ごと転倒した。最上は車を停めた。

亀岡が助手席から飛び出し、エスカリーナを抱き起こした。エスカリーナが亀岡に礼を言って、倒れた自転車を起こす。

亀岡が丸めた週刊誌をエスカリーナの脇腹に押し当てた。

エスカリーナの美しい顔が引き攣《つ》った。亀岡は匕首《あいくち》を握っていた。その切っ先がエスカリーナの肌に触れたのだ。

最上はボルボを路肩いっぱいに寄せ、急いで外に出た。エスカリーナと亀岡に歩み寄る。

「あなたたち、悪い人たち？」

エスカリーナが癖のある日本語で言い、最上と亀岡の顔を等分に見た。

「難しい質問だな。少なくとも、いまは善人じゃない。刃物で女を脅してるわけだからね」

最上は穏《おだ》やかに言った。

「お金欲しい？　それなら、あなたたちに財布をあげてもいい。十四、五万円入ってるはず」

「おれたちは辻強盗じゃない」

「その日本語、わたし、知らない。だから、わたし、答えられません」

「日本語の勉強にはつき合えないんだ。旦那は、自宅にいるか？」

「ちょっと散歩に出かけてる」

「それなら、家の中で待たせてもらおう」

「それ、いけません。知らない男性たちを家の中に入れたら、夫に怒られる。何か話があるんなら、ここで聞きます」

エスカリーナが言った。

亀岡が両眼に凄《すご》みを溜《た》めた。エスカリーナが怯《おび》え、目を逸《そ》らせた。

「脇腹を刺されたくなかったら、言われた通りにしたほうがいい」

最上は言った。エスカリーナが観念し、自転車のハンドルとサドルに手を掛けた。

三人は矢内邸に足を向けた。

エスカリーナが門扉を開け、自転車を庭先に入れた。アプローチには、花のアーチが架《か》かっていた。

エスカリーナがポーチに駆け上がり、重厚な玄関ドアを開けた。最上と亀岡はエスカリーナと一緒に広い玄関に入った。

「夫婦の寝室はどこにあるんだ？」

最上はエスカリーナに訊いた。

「あなた、何を考えてる？　それ、わからないと、わたし、教えられない」

「いいから、質問に答えるんだっ」

「いやよ《ニエート》！」

エスカリーナが決然と母国語で拒絶した。

亀岡が剝《む》き出しの短刀をエスカリーナの首筋に寄り添わせた。エスカリーナが青い瞳を剝き、絶望的な溜息をついた。

「どこにあるんだ?」

最上はもう一度問いかけた。

「二階よ」

「案内してくれ」

「いいわ《ダー》」

エスカリーナが先に玄関ホールに上がった。最上も靴を脱ぎ、玄関マットを踏んだ。

「あっしは階下《した》の様子を見てきまさあ。もしかしたら、誰かがいるかもしれやせんからね」

亀岡が小声で言った。

最上は無言でうなずき、エスカリーナに従った。玄関ホールの端に階段がある。

夫婦の寝室は、二階の奥にあった。二十畳ほどのスペースで、シャワー・ルーム付きだった。

ほぼ中央にダブル・ベッドが据《す》えられ、寝椅子《カウチ》やドレッサーも置いてあった。いずれも値の張りそうな代物《しろもの》ばかりだ。

エスカリーナが不安そうな顔で、ベッドの端に腰かけた。薄手の長袖ブラウスにサブリナ・パンツという組み合わせだ。栗毛の髪はセミ・ロングだった。

「あんたの旦那は、政商の大河原泰道にかわいがられてるようだな?」

「そうね。大河原氏は、矢内さんのこと、自分の子供みたいに思ってる」

「どうでもいいことだが、日本では自分の亭主のことはさんづけにはしないんだ」

「あっ、そうね。わたし、そのこと忘れてた」

「この家に大河原が来たことは？」

「えーと、二回あるね。いつもは矢内が大河原さんのお家に行ってる」

「旦那は民友党の石上代議士とも親しいんだろ？」

「石上さんはヨット仲間ね。ここに来たことはないけど、葉山《はやま》のマリーナでわたしも会ってる」

「レオニド・イワノフやビクトル・ポドルスキーなんかも、この家に出入りしてるな？」

「その人たちの名前は聞いたことがあるけど、わたしはどちらとも会ったことない」

「そうか。岩佐諭という日本人の名に聞き覚えは？」

「その名前、知ってる。『グローバル』という国際結婚相談所をイワノフさんと共同経営してたんでしょ？」

「そうだ」

「あなたたち、夫にどんな用があるの？　わたし、それを早く知りたい」

「じきにわかるさ」

最上は口を閉じた。

ちょうどそのとき、亀岡が寝室に入ってきた。

「誰もいやせんでした」

「そうか。それじゃ、次の段取りに移ろう」

最上は目で合図した。亀岡が刃物をちらつかせながら、エスカリーナに歩み寄った。

「奥さん、服を脱いでくれや」

「あなた、なに言ってるの!? わたし、結婚してるのよ。夫以外の男性の前で裸になんかなれない。それ、困る」

「別にあんたを姦《や》ろうってんじゃねえんだ。逃げられたくねえから、裸になってくれって言ってんだよ」

「そ、そうだとしても、わたし、裸になれない。断ります」

「言うことを聞かねえと、あんたの髪の毛をザンバラにしちまうぜ」

「それ、ほんとなの!?」

エスカリーナが亀岡の顔を正視した。亀岡は返事の代わりにエスカリーナの髪の毛をひと摑みして、短刀の刃を垂直に宛《あて》がった。

「やめて! わたしに変なことしないって、約束してくれる?」

「おかしなことはしねえから、安心して脱ぎなって」

「仕方ないね。わたし、あなたたちに逆《さか》らえないもの」

エスカリーナが坐ったまま、ブラウスのボタンを外しはじめた。

亀岡が少し後退した。エスカリーナは迷いながらも、生まれたままの姿になった。脱いだ服やランジェリーはベッド・カバーの下に隠された。

三十代の半《なか》ばのはずだが、まだ体型は崩れていなかった。乳房が驚くほど大きい。ウエストも深くくびれている。

腰は豊かに張っていた。短冊《たんざく》の形に繁《しげ》った飾り毛は濃かった。

エスカリーナは伏し目になったが、胸も股間も隠そうとはしなかった。

三十分ほど待つと、矢内が散歩から戻ってきた。

「エスカリーナ、買い物に行ったんじゃないのか？」

「………」

エスカリーナが最上に顔を向けてきた。最上は低い声で指示を与えた。

「体調がすぐれないんで、横になってると答えろ。日本語でな。ロシア語を使ったら、白い肌が血に染まることになるぜ」

「わたし、言われた通りにする。だから、乱暴なことはしないで」

エスカリーナがそう言い、命令に従った。

矢内が階段を昇る気配が伝わってきた。亀岡がエスカリーナの片腕をむんずと掴み、匕首《あいくち》を頸《けい》動脈に当てた。エスカリーナがわなわなと震えはじめた。

最上は寝室のドアの横の壁にへばりついた。

少しすると、軽装の矢内が寝室に入ってきた。

「おい、何をしてるんだっ」

「騒ぐと、かみさんの首から血煙が上がるぜ」

「あんた、やくざ者だな？」

「まあな」

亀岡がにやりと笑った。

最上は矢内の首筋に手刀を叩き込んだ。矢内が呻いて、その場に頽《くずお》れた。最上は矢内の後ろ襟を引っ掴み、利き腕を捩《ねじ》り上げた。矢内が痛みを訴えた。

「夫をいじめないで」

エスカリーナが大声で言った。最上は矢内を立たせ、上着のポケットに忍ばせた超小型録音器の録音スイッチを入れた。

「大河原泰道は石上代議士を次の総理大臣にしたがってるんだな？」

「い、いきなり何を言い出すんだっ。だいたいおたくは何者なんだね？」

「もう察しはついてるはずだ。おれは岩佐の詐欺商法を調べていくうちに、とんでもない陰謀に気づいた」

「陰謀って、何のことなんだ？」

矢内が訊き返した。

「そこまでとぼける気かっ」

「わたしには見当もつかない」

「ふざけるな！」

最上は矢内の右腕を強く捻《ひね》り上げた。肩の関節が軋《きし》んだ。矢内が女のような悲鳴を放った。

「あなた、逆らわないで。なんでも言われた通りにして」

エスカリーナが夫に声をかけた。

「そう言われても、知らんもんは知らんよ」

「だけど……」

「きみは口を挟むなっ」

矢内が妻を叱り飛ばした。エスカリーナは不服げだったが、すぐに口を噤《つぐ》んだ。

「ずっと空とぼける気なら、あんたの目の前で女房を姦《や》っちまうぜ」

亀岡が矢内に言った。むろん、威《おど》しだ。

「えっ」

「おれは、ナニに真珠と球状にした歯ブラシを一個ずつ埋め込んでんだ。ロシアの女は緩《ゆる》めなんだろうけど、突起物があるから、けっこう感じるんじゃねえのか？」

「エスカリーナに妙なことはしないでくれ」

「だったら、もっと正直になんな。あんまりおれたちを苛《いら》つかせると、短刀《ドス》で女房のおっぱいを抉《えぐ》っちまうぜ」

「や、やめろ！　そんな残酷なことはしないでくれーっ」

矢内が涙声で言った。ロシア美人の妻に惚れているのだろう。

「素直になれよ」

最上は矢内を諭《さと》した。矢内が目を伏せた。

「泉田政権は、もう長くは保《も》たない。支持率がさらに下がったら、民友党のイメージに傷がついてしまう。だから、大河原は泉田内閣の閣僚をひとりずつ極東マフィア『ドゥルジバ』の奴らに暗殺させる気になったんだな？」

「…………」

「どうした？　日本語を忘れたのか？」

「大河原さんは、日本の政治を少しでもよくしたいと憂慮《ゆうりょ》されてるんだよ。泉田首相は派手なパフォーマンスをやってるが、底力のある最大派閥に横槍《よこやり》を入れられたら、結局は屈してしまうような男だ。しかし、石上代議士なら、党内のあらゆる派閥とも堂々と渡り合える。大河原さんは多くの国民の願いを汲《く》んで泉田政権を消滅させなければと……」

「それで、あんたは岩佐とつながりのあるイワノフに閣僚の暗殺を依頼した。イワノフは手下のビクトルたちに福井勇官房長官、海野澄夫厚生労働大臣、八雲雅裕防衛庁長官の三人を始末させた。そうだな？」

「そうだよ」

「ほかの大臣たちも暗殺し、最後は泉田総理も始末する気だったんだろ？」

「ああ、まあ」

「暗殺の成功報酬は、あんたが肩代わりしたのか？」

「いや、大河原さんが全額用意することに……」

「石上先生には、時期が訪れたら、ぜひ首相になってほしいとお願いしてあるだけだ。暗殺の件は大河原さんとわたしが共同シナリオを練ったんだよ」

「そういうことだったのか。『リフレッシュ・カレッジ』の雇われ所長の長谷部を殺害したのも、イワノフの子分なんだな？」

「その男を始末したのは、セルゲイ・グールトボイという奴だよ。岩佐が妙な男が自分の身辺を嗅ぎ回りはじめてると報告してきたんで、大事をとったんだ。大串と岩佐をビクトル・ポドルスキーに片づけさせたのは、奴らに弱みを握られたと思ったからさ」

「岩佐が政治評論家の正岡を脅して、スキャンダル写真のネガを二億円で売りつけようとしてたことは知ってたのか？」

「あいつは、そんなことをしてたのか!?」

矢内が驚きの声を洩らした。演技をしているようには見えなかった。やはり、その件は岩佐の個人的な悪行《あくぎょう》だったのだろう。

「綿引刑事を殺《や》ったのも、イワノフの手下なんだな？」

「そうだ。ルツコフとペトロフの仕業《しわざ》だよ。綿引は大河原さんの身辺まで嗅ぎ回ってたんで、やむなく殺すことになったんだ」

「実行犯の二人は、イワノフ邸にいるのか？」

「いや、二人はきのう、ロシアに帰ったよ。日本の刑事を殺害したんで、イワノフが二人を母国に戻らせたんだ」

「くそっ」

最上は矢内の肩の関節を一気に外した。

矢内がカーペットの上を転がり回りはじめた。

最上は録音テープを止めると、矢内のこめかみを思うさま蹴った。矢内が体を丸め、半回転した。

最上は屈み込み、超小型録音器を矢内の顔の前に突きつけた。

「あんたがここで喋ったことは、このマイクロ・テープにそっくり録音されてる」

「テープ・レコーダーを忍ばせてたのか!?」

「大河原に複製テープを送り届ける。怪物もあんたも、もう終わりだ」

「録音テープを売ってくれ。一千万出そう」

「ふざけるな。このテープは億単位じゃなきゃ、譲れない」

「わかった。一億で買うよ」

「そんな安い値じゃ売れない」

「い、いくら出せと言うんだ!?」

「四億五千万円なら、譲ってやろう。もちろん、大河原とあんたがやったことには目をつぶってやる」

「そんな大金は……」

「値は下げないぜ。いやなら、裏取引はご破算だ。首謀者の大河原に相談してみるんだな」

「わかった。そうしてみよう」

矢内が言って、また唸り声を発しはじめた。

最上は亀岡に目配せした。亀岡が匕首でエスカリーナを威嚇《いかく》しながら、カーペットに大の字に寝かせた。

「何をさせる気なの!?」

エスカリーナが最上に眼差《まなざ》しを向けてきた。

最上は薄く笑い、矢内の上体を引き起こした。すぐに肩の関節を元通りにしてやった。

「女房の大事なとこを犬のように舐《な》めまくれ！」

「おたく、正気なのか!?」

「もちろんだ。おれは、保険をかけておきたいんだよ」

「保険？」

「そうだ。イワノフたちに追い回されるのは、うっとうしいからな」

最上は矢内の襟首を摑んで、エスカリーナの股の間にうずくまらせた。

「他人に見られながら、オーラル・プレイなんてできない。もう勘弁してくれないか」

「やらなきゃ、録音テープは売ってやらないぜ」

「やるよ、やればいいんだろ！」

矢内が捨て鉢に喚《わめ》き、エスカリーナの秘めやかな場所に顔を寄せた。亀岡が寝かせた短刀をエスカリーナの乳房に密着させた。

エスカリーナが目を閉じた。

矢内が舌全体で縦筋を舐め上げはじめた。エスカリーナがなまめかしく呻き、裸身をくねらせた。

最上は上着のポケットからデジタル・カメラを取り出した。アングルを変えながら、淫らなシーンを撮りはじめた。

エピローグ

野鳥が飛び立った。

椿の小枝が揺れた。静かだ。

最上は窓の外に視線を放っていた。箱根にある大河原泰道の別荘の応接間だ。

矢内を締め上げたのは、四日前だった。その翌日、最上は渋谷区内にある大河原の自宅のポストに矢内の自白テープを投げ入れた。むろん、複製テープだ。

次の日、最上は大河原に電話をかけた。大河原は憮然《ぶぜん》とした声で、マザー・テープを四億五千万円で買い取りたいと言った。そして、裏取引の日時と場所を指定したのである。

約束の時間は午後二時だった。

最上はボルボを駆って、この別荘にやってきた。到着したのは一時五十六分だった。別荘の前には、矢内が待ち受けていた。最上は応接間に通された。矢内は少し前に大河原を呼びに行った。

最上はソファから立ち上がり、窓辺に歩み寄った。

広々とした庭を眺め渡す。怪しい人影は、どこにも見当たらない。極東マフィアたちは、別荘の近くに隠れているのだろう。

応接間のドアが開けられた。

最上は振り向いた。矢内の後ろに、和服姿の大河原泰道が立っていた。

「どうぞ掛けてください」

矢内が最上に言った。最上は無言でうなずき、応接ソファに腰かけた。

大河原が最上と向かい合う位置に坐った。矢内は大河原のかたわらに腰を落とした。

「きみは度胸があるな。このわしを強請《ゆす》ったんだから」

「さっそく商談に入らせてもらいたい」

最上は、大物政商を見据えた。

頭髪こそ薄くなっているが、顔の血色はよかった。てらてらと光る赤い唇が無気味でさえあった。老獪《ろうかい》な怪物という表現がぴったりだ。

「先に録音テープを出してくれ」

「そっちが小切手を見せてくれたら、マザー・テープを出してやる」

「くっくく。抜け目のない奴だ」

大河原が袂《たもと》の中から小切手を取り出し、コーヒー・テーブルの上に置いた。最上は預金小切手に目をやった。

額面は四億五千万円だった。都市銀行の支店長振り出しの小切手だ。この預金小切手を振り出し支店に持参すれば、無条件で現金化できる。

これで、二十七人の組員の更生資金が手当てできたわけだ。最上は肩の荷が下りた気がした。

「早くマザー・テープを出したまえ」

大河原が急《せ》かせた。

最上は矢内の自白テープを卓上に置き、預金小切手を素早く懐にしまった。

矢内が超小型録音器にマイクロ・カセットを入れ、すぐに再生ボタンを押した。矢内と最上の遣り取りが流れはじめた。

「それはマザー・テープなんだな？　テープをこっそりダビングしてることがわかったら、きみは若死にすることになるぞ」

大河原が凄んだ。

「そいつは間違いなくマザー・テープだ」

「ほんとだな？」

「疑い深いね、あんたも」

最上は、ことさら不愉快そうな表情をこしらえた。持ってきたのはマザー・テープだが、前日に三巻ほどダビングしてある。

「矢内君、もういい。そんなテープは、しまいまで聴く気になれんよ」

「申し訳ございません」

矢内が慌《あわ》ててマイクロ・テープを停止させた。

「最上検事、きみのことを少し調べさせてもらった。きみは不本意な仕事をさせられてるようだな。わしのブレーンになる気があるんだったら、裏から手を回して、東京地検特捜部で働けるようにしてやってもいいぞ」

大河原が言った。

「悪い話じゃないが、あんたの世話になる気はないっ」

「そうかね。それじゃ、これでお別れだ。遠路はるばる訪ねてくれた客人《まろうど》をこのまま帰らせるのは、いかにも愛想がない。わしのもてなしを受けてくれるな？」

「もてなし？」

「そうだ」

「なるほど、イワノフたちが現われるって筋書きなんだなっ」

最上は声を尖《とが》らせた。

「わしは、そんな野暮な男じゃない。肉蒲団《にくぶとん》で、きみをもてなしてやろうと言ってるんだ」

「裸の女をおれに宛《あて》がって、情事のシーンをこっそりビデオ撮影する気なのか？」

「そんな見え透いたことはやらんよ。きみの機嫌をとっておきたいだけさ」

大河原が矢内を促《うなが》し、一緒に応接間から出ていった。

入れ代わりに、オリガが入ってきた。白い素肌に緋色《ひいろ》の長襦袢《ながじゅばん》を羽織っている。

「わたし、あなたとセックスしなければならない。奥の客間に行きましょ」

「それじゃ、案内してもらおうか」

最上は立ち上がって、オリガの片腕を荒々しく摑んだ。

「痛い！」

「あんたは股を開かなくてもいい」

「それ、どういう意味？　わたし、よくわからない」

「鈍《にぶ》いな。あんたを弾除《たまよ》けにすると言ってるんだ。この別荘の近くにイワノフやビクトルが潜《ひそ》んでるんだろうが！」

「わたし、何も知らない」

オリガが狼狽気味に言った。嘘をついたのだろう。

最上はオリガを楯《たて》にしながら、悠然と応接間を出た。そのまま別荘の玄関に進み、車寄せのボルボに急いだ。

助手席にオリガを押し込もうとしたとき、門の方からイワノフとビクトルが足早に近づいてきた。どちらもサイレンサー・ピストルを手にしていた。

オリガが最上の手を振り払って、別荘の中に逃げ込んだ。最上は追わなかった。

ボルボの陰に隠れ、上着のポケットから手榴弾《しゅりゅうだん》を摑み出した。数日前に代貸の亀岡が入手してくれた米軍の手榴弾だ。

イワノフとビクトルが交互に九ミリ弾を浴びせてきた。フロント・バンパーやホイールに着弾した。

最上は手榴弾のピン・リングを引っ張った。口の中で3《スリー》までカウントしてから、イワノフとビクトルの間に手榴弾を転がした。

七、八秒後、炸裂音《さくれつおん》が轟《とどろ》いた。

赤みを帯びたオレンジ色の閃光《せんこう》が走り、イワノフとビクトルの体が高く舞った。

どさりと地べたに落下した二人のロシア・マフィアは微動だにしない。すでに死んでいるのだろう。

別荘のポーチに大河原と矢内が飛び出してきた。二人は予想もしなかった展開に、心底驚いている様子だった。

「おまえらもくたばれ！」

最上は、残りの手榴弾をポーチに投げた。

大河原と矢内が吹っ飛んだ。倒れた二人は、まったく動かない。

（現職検事のおれがとうとう人殺しまでやっちまったな。これも運命ってやつだろう。綿引《ワタ》さん、安らかに眠ってくれ）

最上はボルボに乗り込み、勢いよくイグニッション・キーを捻《ひね》った。

翌日の夜である。

最上の実家の大広間には、二十七人の組員が勢揃いしていた。組員たちの箱膳《はこぜん》の前には、五千万円入りの紙袋が置いてある。

三代目組長の最上が非合法な手段で工面《くめん》した更生資金だ。総額で十三億五千万円だった。

代貸の亀岡が上座《かみざ》の最上を促した。最上は静かに立ち上がった。羽織袴《はかま》姿だった。

「若、ご挨拶を……」

「本日を以《もつ》て、最上組は解散する。近日中に関東俠友会の塩谷武徳会長立ち合いの解散式を開き、友好団体の親分衆にきちんと詫びを入れ、礼も申し上げる。亡父に仕《つか》えてくれた組員の方々には厚く御礼申し上げる。みなさん、ありがとうございました」

最上は深々と頭を下げた。拍手が鳴り響いた。

手を叩きながら、末席の健が声をあげて泣きはじめた。と、亀岡が顔をしかめた。

「健、泣くんじゃねえ。今夜は、新たな門出《かどで》じゃねえかっ」

「けどよ、代貸……」

「もう何も言うな。若はよくよく考えなすって、組を解散されることに決めたんだ。健、時代が変わったんだよ」

「そりゃ、わかりますよ。だけど、最上組は三代もつづいた歴史のある組じゃねえですか」

「おれだって、辛《つれ》えよ。けどな、物事には潮時《しおどき》ってもんがあるんだ。思い切るときゃ、男らしく思い切らなきゃな」

「頭ではわかってんですよ。けど、おれは渡世人の暮らししか知らねえから、この先、どう生きたらいいのかわからねえんですよ」

「健、おめえだけじゃねえさ。ほかのみんなだって、そう思ってらあ。だからって、堅気の若にいつまでも迷惑をかけちゃいけねえんだ」

「それもわかってんですけどね」

「いろいろ不安はあるだろうが、人生、なんとかならあ。若が五千万の独立資金を都合つけてくださったんだから、焦らず何か商売でもやんな」

二人の遣《や》り取りを聞きながら、組員たちが次々に涙ぐんだ。

最上は決意がぐらつきそうになった。この手で四人の男を殺害した事実は消しようもない。善人面《づら》して、検察官をつづけていてもいいのか。

いっそアウトローになって、潔《いさぎよ》く最上組の三代目組長を務《つと》めるべきなのではないか。しかし、どう頑張っても、テラ銭で組員たちの面倒を見る自信はない。商才に恵まれているわけでもなかった。

（やっぱり、組は解散すべきだよ）

最上は自分に言い聞かせ、座蒲団に腰を落とした。

「みんな、湿っぽい面《つら》すんねえ。大いに飲もうや」

亀岡が組員たちを力づけ、徳利を提《さ》げて上座の前に正座した。最上は盃《さかずき》を持ち上げ、酒を受けた。

「亀さんに残務整理をしてもらうことになるが、よろしく頼むぜ」

「任せてくだせえ。若、箱根の犯罪《ヤマ》で警察《サツ》が迫《せま》ってきたら、あっしが手榴弾《パイナップル》を投げたことにしやすんで、うまく口裏を合わせてくだせえよ」

「亀さんを身替り犯になんかさせない。そんときは、おれが堂々と逮捕《パク》られてやる。ガキのころから、親父がよく言ってたんだ。男なら、てめえの尻《けつ》はてめえで拭《ふ》けってさ」

「二代目の口癖でしたね。なんだか、あっしまでしんみりしちまいそうだ。若、お流れを頂戴《ちょうだい》できやすか？」

亀岡が言った。

最上は一息に盃を空け、代貸に返杯した。亀岡は自席に戻ると、三味線の上手な舎弟頭に艶《つや》っぽい都々逸《どどいつ》を口ずませた。

それをきっかけに、酒宴は一気に盛り上がった。いつの間にか、健まで笑い声をたてていた。

（いつか綿引《ワタ》さんの墓参りをしなきゃな）

最上は手酌《てじゃく》で盃を重ねた。ほろ酔い気分になったころ、袂《たもと》の中で携帯電話が身震いした。

「わたしよ」

ポケットフォンから、玲奈の声が流れてきた。

「いま、どこだい?」

「職場よ。やっと残業が終わったの。これから根津に手伝いに行くわ」

「こっちには来なくてもいいよ。おれの部屋で待っててくれないか。なぜだか無性に玲奈に会いたいんだ」

「そんな殺し文句を言ってると、僚さんを朝まで玩具《おもちゃ》にしちゃうわよ」

「そいつは、こっちの台詞《せりふ》だ。おれがそっちを寝かせない」

最上は戯言《ざれごと》を囁《ささや》き、盃に手を伸ばした。

今夜は心地よく酔えそうだった。


この作品はフィクションであり、登場する人物・団体等はすべて架空のものです。

猟犬検事 破綻

一〇〇字書評

切り取り線

購買動機（新聞、雑誌名を記入するか、あるいは○をつけてください）

□（　　　　　　　　　　　　　）の広告を見て
□（　　　　　　　　　　　　　）の書評を見て
□ 知人のすすめで　□ タイトルに惹かれて
□ カバーがよかったから　□ 内容が面白そうだから
□ 好きな作家だから　□ 好きな分野の本だから

●最近、最も感銘を受けた作品名をお書きください

●あなたのお好きな作家名をお書きください

●その他、ご要望がありましたらお書きください

住所					
氏名		職業		年齢	
Eメール				新刊情報等のメール配信を 希望する・しない	

あなたにお願い

この本をお読みになって、どんな感想をお持ちでしょうか。

この「一〇〇字書評」を私までいただけたらありがたく存じます。今後の企画の参考にさせていただきます。

あなたの「一〇〇字書評」は新聞・雑誌などを通じて紹介させていただくことがあります。そして、その場合はお礼として、特製図書カードを差し上げます。

前頁の原稿用紙に書評をお書きのうえ、このページを切りとり、左記へお送りください。Eメールでもお受けいたします。

〒一〇一・八七〇一
東京都千代田区神田神保町三・六・五
九段尚学ビル　祥伝社
祥伝社文庫編集長　加藤　淳
☎〇三（三二六五）二〇八〇
bunko@shodensha.co.jp

祥伝社文庫

上質のエンターテインメントを！　珠玉のエスプリを！

祥伝社文庫は創刊15周年を迎える2000年を機に、ここに新たな宣言をいたします。いつの世にも変わらない価値観、つまり「豊かな心」「深い知恵」「大きな楽しみ」に満ちた作品を厳選し、次代を拓く書下ろし作品を大胆に起用し、読者の皆様の心に響く文庫を目指します。どうぞご意見、ご希望を編集部までお寄せくださるよう、お願いいたします。

2000年1月1日　　祥伝社文庫編集部

猟犬検事《りょうけんけんじ》　破綻《はたん》　長編ネオ・ピカレスク

平成15年2月20日　初版第1刷発行

著者　南《みなみ》　英《ひで》男《お》

発行者　渡辺起知夫

発行所　祥《しょう》伝《でん》社《しゃ》

東京都千代田区神田神保町3-6-5

九段尚学ビル　〒101-8701

☎03(3265)2081(販売部)

☎03(3265)2080(編集部)

☎03(3265)3622(業務部)

印刷所　錦明印刷

製本所　ナショナル製本

造本には十分注意しておりますが、万一、落丁、乱丁などの不良品がありましたら、「業務部」あてにお送り下さい。送料小社負担にてお取り替えいたします。

Printed in Japan

© 2003, Hideo Minami

ISBN4-396-33093-6　C0193

祥伝社のホームページ・http://www.shodensha.co.jp/

祥伝社文庫　今月の最新刊

西村京太郎　**殺意の青函トンネル**
ある観光客の死から発覚した巨大陰謀に十津川が挑む

恩田　陸　**象と耳鳴り**
奇妙な事件に隠れた謎を解く短編推理の傑作

太田蘭三　**摩《ま》天《てん》崖《がい》**　警視庁北多摩署特別出動
東京と離島隠岐を結ぶ謎――警察小説の白眉

夢枕　獏　**新・魔獣狩り2**　孔雀《くじゃく》編
空海の秘法を巡る闘いに、新たな強者が乱入

南　英男　猟犬検事　**破綻《はたん》**
アウトロー検事に危機！凄腕詐欺師の仕掛けた罠

鳥《と》飼《りかい》否《ひ》宇《う》　**桃源郷の惨劇**
ヒマラヤの奥地で起きた殺人事件の真相とは！

篠田節子他　**鬼《おに》瑠《る》璃《り》草《そう》**
「愛こそは恐怖の始まり」恋愛ホラー・アンソロジー

安達　瑶　**ざ・れいぷ**
少女監禁事件犯が次々と殺される。死者の復讐か？